www.tredition.de

J.S. Tomas

Mit Proust auf der Suche nach dem verlorenen Sinn

Betrachtungen zu einer Existenzphilosophie im Werk von Marcel Proust

www.tredition.de

© 2018 J.S. Tomas

Umschlagabbildung: © J.S. Tomas

Verlag und Druck: tredition GmbH, Halenreie, 40-44, 22359 Hamburg

ISBN
Paperback: 978-3-7469-3953-7
Hardcover: 978-3-7469-3954-4

Inhalt

Vorwort

Als ich eines Tages im Frühjahr 1997 wie gewohnt das Radio einschaltete, da ließen mich die gesprochenen Sätze, die da in ihrer einmaligen Rhythmik aus dem Gerät zu mir schwebten, für einen Moment innehalten. Was da im Radio gesendet wurde, war ein Ausschnitt einer Gesamtlesung Prousts *Auf der Suche nach der verlorenen Zeit*, vorgetragen von Bert Hahn und Peter Liek.

Ich begab mich schon bald auf die Suche nach der *Suche* (oder der *Recherche*, wie ich Prousts Werk im Folgenden nennen möchte), wurde in der Bibliothek fündig und fing an, den ersten der insgesamt zehn Bände[1] zu lesen. Ich muss gestehen: Ich kam nicht weit. Ich legte das Buch schon bald wieder zur Seite (und fügte mich damit wahrscheinlich in eine Reihe ungezählter Leser oder vielmehr Möchtegern-Leser ein, denen es ähnlich ergangen war). Dennoch, die *Recherche* ließ mich nicht mehr los, und ich nahm später weitere Anläufe, wobei ich auch gelegentlich den Versuch startete, mit einem der weiteren Bände anzufangen. Früher oder später griff ich dann doch wieder zu anderer Lektüre (nur so zwischendurch, wie ich mir versicherte) und die *Recherche* blieb erneut liegen.

Im Sommer 2008 fasste ich letztendlich den Entschluss, jeden Morgen zum Frühstück einige Seiten

Proust zu lesen. Diesmal blieb ich dabei. Und als ich alle Bände gelesen hatte, fing ich wieder von vorne an (und auch dies ist wohl etwas, was unter Lesern, die einmal auf den Geschmack der *Recherche* gekommen sind, weit verbreitet ist).

Ich hatte dann die Idee, die Textstellen, die mich am meisten begeisterten, im Sinne eines *Best of Proust* zusammenzustellen und merkte schon bald, dass all das, was mich besonders zu interessieren schien, auf die eine oder andere Weise immer wieder um dieselben Fragen kreiste: Was macht eigentlich das gute Leben aus? Wie findet man Erfüllung? Denn neben dem mageren Plot (heranreifender Mann durchschreitet die Phasen seines Lebens, macht allerlei zumeist desillusionierende Erfahrungen, findet jedoch letztlich seine Erfüllung im künstlerischen Schaffensprozess), neben den zahlreichen kunst- und literaturtheoretischen Exkursen und den Reflexionen über die Entstehungsbedingungen des gerade im Entstehen begriffenen Werkes, also dem Prozess des Schreibens selbst, umfasst die *Recherche* eine ganze Philosophie der menschlichen Existenz.

Der vorliegende Text bietet deshalb nicht nur eine Einführung in zentrale Themen, Charaktere und Zusammenhänge des Werkes und gibt einen Einblick in einige seiner schönsten und mitunter auch weniger bekannten Passagen; in besonderem Maße ist er auch eine Reflexion über die Möglichkeit eines erfüllten Daseins in einer modernen Welt; einer Welt, in der die voranschreitende Technisierung und ein verstärkt zweckrationales Denken zu einem zunehmenden Gefühl der Entfremdung geführt haben. „[…] ich befinde mich in einer Lage, in der man fürchten muss, dass man die Dinge, die zu sagen man am meisten wünschte, […] plötzlich nicht mehr sagen kann"[2], sagte Proust zu seiner Haushälterin und engen Vertrauten Céleste Albaret, die von 1913 bis zu seinem Tod 1922 in seinem Hause tätig war. Am Ende seines Lebens wurde das Schreiben für den seit seiner Kindheit unter Asthma leidenden Schriftsteller immer mehr zu einem Wettlauf mit dem Tod. Es war Proust ein Bedürfnis, die *Recherche* noch vor seinem Tod fertigzustellen, denn er wusste, dass er den Menschen mit seinem Werk einiges mitzuteilen hatte. Es ist deshalb keinesfalls so, dass „das Leben zu kurz und Proust zu lang" ist, wie Anatole France 1913 angesichts der Veröffentlichung des ersten Bandes der *Recherche* behauptete (und da waren die folgenden Bände noch gar nicht erschienen!).

Sollten einige dennoch so denken wie Anatole France, dann, so hoffe ich, kann der vorliegende Text wenigstens einen kleinen Eindruck von der Schönheit, der Melancholie, dem Witz und der Weisheit geben, die in diesem Roman stecken. Und vielleicht wird der eine oder die andere am Ende doch noch dazu angeregt, das Werk als Ganzes zu lesen.

Auf der Suche

Am Ende der *Recherche*, der Erzähler (der übrigens denselben Vornamen trägt wie der Autor)[3] befindet sich gerade auf dem Weg zu einer Matineeveranstaltung im Stadtpalais der Familie Guermantes, wird ihm, der sein Leben lang schriftstellerisch tätig sein wollte und der dieses Vorhaben jedoch mangels Ideen immer wieder vor sich hergeschoben hat, mit einem Male klar, dass der Stoff seines künftigen Werkes nichts anderes sein kann als das Leben selbst. Und so fasst er am Ende der *Recherche* den Entschluss, den Roman zu schreiben, den der Leser gerade beendet hat zu lesen.

Indem der Erzähler schreibend auf sein Leben zurückblickt, durchläuft er nun also zum wiederholten Mal die Phasen seines Lebens. Angefangen bei der glücklichen Kindheit im ländlichen Combray, wo er zusammen mit seinen Eltern im Hause seiner Großtante Léonie (einer kauzigen älteren Dame, die seit dem Tod ihres Mannes das Bett nicht mehr verlässt) die Oster- und Sommerferien verbringt, verlaufen seine Erinnerungen über die Phasen der Adoleszenz und des jungen Erwachsenenalters, in denen er seiner ersten (Gilberte) und zweiten (Albertine) großen Liebe begegnet sowie entscheidende Impulse für seine Kunst (durch seine Bekanntschaft mit

dem Maler Elstir) und Zutritt zu den höchsten gesellschaftlichen Kreisen (durch seine Freundschaft mit dem
Adligen Robert de Saint-Loup) erhält. Schauplatz ist
hier nicht mehr Combray, sondern Balbec, das mondäne
Seebad an der Atlantikküste, in dem die gut Betuchten
der Jahrhundertwende ihre Sommerfrische verbringen.[4]
Es folgen die Erinnerungen des erwachsenen Erzählers
an die Pariser Zeit; Jahre, die er mit Eifersüchteleien,
gesellschaftlichem Geplänkel und dem immerwähren-
den Aufschieben seiner Arbeit zu verschwenden
scheint. Nach Jahren der Abwesenheit von Paris (eine
Zeit, die er aufgrund seines Asthmaleidens in einem Sa-
natorium verbringt und die in der Erzählung ausgespart
wird) kehrt der gealterte und von seiner Krankheit sichtlich gezeichnete Marcel zum Ausgangspunkt seiner Betrachtungen zurück: zu eben jener Matineeveranstaltung
bzw. dem „Maskenball", wie er das Spektakel bezeichnet, denn die hier wiedergetroffenen Bekannten von
ehedem, nunmehr alte Tapergreise mit schlaffen Ge-
sichtszügen, sind gerade so wie er selbst sichtlich geal-
tert und teilweise bis zur Unkenntlichkeit entstellt.

Was rückwärts betrachtet die Suche nach der vergan-
genen Zeit ist, ist nach vorne gesehen nicht nur die Suche nach dem Stoff und der Form eines literarischen
Werkes, sondern vor allem die Suche nach dem Glück,
nach Erfüllung und nach Sinn in einer Welt, in der man
sich beständig mit den Plagen der Eifersucht, dem Frust
der Enttäuschung, dem Schmerz des Verlusts und dem
Gefühl der Leere und der Langeweile herumschlägt, um
am Ende eben doch nur geradewegs auf diesen „Maskenball", dieses possenhafte große Finale vor dem letzten Fall, zuzusteuern.

Man könnte die *Recherche* als Roman der Desillusion bezeichnen: Im Laufe seines Heranwachsens merkt der Erzähler, dass das Leben gar nicht so toll ist, wie anfangs gedacht. Und in der Desillusion des einzelnen spiegelt sich die Desillusion einer ganzen Generation, die nach dem Tod Gottes nach neuer Orientierung sucht. Die *verlorene* Zeit weist deshalb sowohl auf die verlorene Zeit der Kindheit als auch auf das verlorengegangene goldene Zeitalter einer ehemals ganzheitlichen Welt. Der Erste Weltkrieg, der die Gegend um Combray in Schlachtfelder verwandelt, setzt nicht nur unter das Paradies der Kindheit, sondern auch unter eine ganze Ära einen endgültigen Schlussstrich.

Doch bekanntermaßen muss man manchmal etwas verlieren, um etwas Neues zu gewinnen. Und so ist es nur teilweise zutreffend, die *Recherche* als einen Roman der Desillusion zu bezeichnen. Denn am Ende hat der Erzähler nicht nur den Stoff für seinen Roman gefunden, sondern auch erkannt, dass man die Leere, die der Tod Gottes hinterlassen hat, nur selbst füllen kann und dass das Glück nicht etwas ist, das man hat (oder auch nicht), sondern auf einer Haltung beruht, die man immer wieder neu suchen muss.

Im Fluss bleiben

Mit dem Erscheinen seines Werkes *L'Évolution créatrice* zu Beginn des 20. Jahrhunderts avancierte der französische Philosoph Henri Bergson zum Shootingstar der Philosophie. Seine Vorträge waren so beliebt, dass die Menschen Schlange standen, um Einlass zu erhalten, und im Jahre 1913 führte Bergsons Erscheinen anlässlich einer Vorlesung an der New Yorker Columbia Universität sogar zum ersten großen Verkehrschaos der Stadt.[5] In einer Zeit des gesellschaftlichen Wandels traf der Philosoph der Zeit eben deren Nerv und beeinflusste eine ganze Generation von Schriftstellern, darunter nicht zuletzt Marcel Proust.

Die Wirklichkeit, so Bergson, sei nichts als Bewegung. Die Menschen jedoch könnten die vorbeiziehende Realität nur in vereinzelten Momentaufnahmen aufnehmen, denen sie dann erst im Nachhinein mithilfe eines „inneren Kinematographen"[6] wieder Bewegung verliehen.

Aufgrund dieses Zustandsdenkens meint der Mensch beständig, dass es im Leben gewisse Endzustände zu erreichen gilt, die allgemein auch als „das Glück" bezeichnet werden. Deshalb ist er immer auf der Suche nach der perfekten Liebe, der perfekten Wohnung, dem perfekten Job. Kurz, er ist auf der Suche nach dem

Happy End, das es jedoch nicht gibt, denn in einer *imperfekten* (da nicht *nicht-vollzogenen*) Welt gibt es keine Perfektion. Wir sind zugange, solange das Leben im Gange ist. Mit anderen Worten: Das Leben ist ein *work in progress* und wir kommen niemals an. Perfekt ist nur der Tod.

Wenn der asthmakranke und sensible Erzähler Marcel einer Schar sportlicher junger Mädchen hinterherläuft, der bürgerliche Swann (eine Art Alter Ego des Erzählers) der Kurtisane Odette nachstellt oder der adlige Robert de Saint-Loup die Schauspielerin Rahel begehrt, dann zeigt sich, dass die Charaktere der *Recherche* allesamt Mängelwesen sind, die - ganz so wie Platons Kugelmenschen - nach dem zu ihnen passenden Gegenstück suchen, von dem sie sich erhoffen, dass es ihnen wieder zu jener Ganzheit verhilft, die sie einst verloren haben. Und je unerreichbarer ihnen das Objekt ihres Begehrens erscheint, umso größer wird ihr Verlangen danach, denn umso größer ist das Gefühl ihres eigenen Mangels. Deshalb verleihen eine als Demütigung verstandene Geste oder ein verpasstes Date dem begehrten Gegenüber einen so großen Zauber, dass ihm die Begehrenden blindlings unterliegen: Für den verliebten Erzähler Marcel macht Gilbertes magische Aura weder vor dem Regenmantel ihres Vaters noch vor dem billigen Schick ihrer Mutter halt; Swann wiederum liebt alles, was von Odette kommt, inklusive ihres falschen Klavierspiels und ihres schlechten Geschmacks. Droht ihnen, das einmal erlangte passende Gegenstück wieder abhandenzukommen, versuchen sie alles, es an sich zu binden, sei es mithilfe von Geld, materiellen Geschenken oder in Form der Protektion. Daher rühren auch die vielen Szenen der Eifersucht und die endlosen Verhöre, mit denen der Erzähler hartnäckig versucht, Albertine ein Geständnis ihrer vermeintlich lesbischen Liebesbeziehungen zu entlocken. Doch vergeblich, ein Geständnis zieht unweigerlich neue Zweifel nach sich. Wir können den anderen niemals wirklich kennen und schon gar nicht besitzen. Und so bleibt am Ende nur die Erkenntnis, dass man immer „ein Einsamer"[7] ist. Dass es im Leben der anderen stets uns unbekannte Winkel gibt, wird dem jungen Marcel das erste Mal bewusst, als sich seine Mutter unter dem Vorwand, sie habe viel zu erledigen, von ihrem Sohn noch vor der Abfahrt seines Zuges nach Balbec verabschiedet. Da dämmert es ihm, dass sie auch noch ein Leben führt, das außerhalb von seinem eigenen liegt. Und seine Großmutter, die er dabei erwischt, wie sie sich in kindischer Jungmädchenart für ein Foto zurechtmacht, scheint zu besitzen, was er ihr niemals zugetraut hätte, nämlich „Koketterie"[8].

Haben sich die Figuren der *Recherche* jedoch einmal zu den Höhen ihres begehrten Objektes hinaufgeschwungen und sind sich ihnen sicher, so schrumpfen diese wiederum zu einem Nichts zusammen. Nach seiner Heirat kann Swann in Odette schon bald nicht mehr die junge Frau sehen, die er einst so sehr begehrte und der Erzähler, der Albertine aus lauter Eifersucht wie eine Gefangene in seiner Wohnung hält, wird ihrer recht schnell überdrüssig.

In einer Welt, in der sich alles kontinuierlich wandelt, ist nichts den Dingen inhärent, ist alles eine Sache der eingenommenen Perspektive. So ist auch die Liebe (genauso wie die Wahrheit) keine „außerhalb von [uns] bestehende Wirklichkeit"[9], sondern immer relativ, weshalb sie auch von anderen so selten verstanden wird: Mit Erstaunen stellt Marcel fest, dass es sich bei Roberts Freundin Rahel, die ihren Geliebten mit den Füßen tritt, vor denen er wiederum nur umso bereitwilliger zu Boden fällt, um die zweitklassige Schauspielerin und Prostituierte handelt, die ihm selbst einmal in einem Pariser Bordell „keine zwanzig Francs wert"[10] war.

Wir begehren permanent das, was wir gerade nicht haben, denn das Begehren beruht immer auf einem Mangel. Wird dieser beseitigt, so entschwindet notwendigerweise auch das Begehren und ein Gefühl der Langeweile oder des Überdrusses stellt sich ein. Schopenhauer zufolge bewegt sich das Leben deshalb „gleich einem Pendel […] zwischen dem Schmerz und der Langenweile"[11] beständig hin und her.

Geht einerseits aus einem einmal erfüllten Begehren immer wieder ein neues hervor, so folgt andererseits der Beschwichtigung einer Sorge sofort die nächste. Das Leben bewegt sich dann also nicht nur zwischen den Polen von Begehren und Langeweile, sondern auch zwischen denen von Ruhe und Unruhe. Das Glück indessen bleibt immer aus.

Ein Begehren, das nie gestillt werden kann, ist absurd. Und der Kuss ist der Inbegriff dieses absurden Begehrens, denn er symbolisiert den Moment der Erfüllung, der allerdings nichts anderes als eine Leerstelle ist, verflüchtigt sich doch das Glück gerade in dem Moment, in dem das Abwesende zu einem Anwesenden wird. So zögert Swann den Moment, in dem er seiner Geliebten Odette den ersten Kuss gibt, eine Weile heraus, weiß er doch nur allzu gut, dass sich die ideale Odette seiner

Einbildungskraft noch im Moment der Erfüllung ver-
flüchtigen wird:

> Aber schließlich hielt Swann es [ihr Gesicht]
> selbst, bevor sie es gleichsam entgegen ihrem
> Willen auf seine Lippen senken ließ, einen Au-
> genblick zwischen beiden Händen von sich ab. Er
> wollte seinem Denken Zeit lassen, den Traum,
> dem er so lange nachgehangen hatte, wiederzuer-
> kennen und seiner Verwirklichung beizuwohnen
> […]. Vielleicht heftete auch Swann auf dies Ant-
> litz einer Odette, die ihm noch nicht gehört, die
> er noch nicht einmal geküßt hatte und die er zum
> letzten Male in dieser Weise sah, jenen Blick, mit
> dem man am Tage der Abreise eine Landschaft
> mit sich forttragen möchte, die man für immer
> verläßt.[12]

Das „Ideal", so folgert Swann an anderer Stelle, ist immer „unerreichbar" und das Glück zumeist „recht mit-
telmäßig"[13]. Es existiert immer nur im Da*vor*: in der
*Vor*freude, in der *Vor*stellung – und somit nur in unserem Kopf.

Ein Leben, in dem sich das Glück auf diese Weise stets
entzieht, wird zu einem einzigen langen Warten. Nicht
zufällig beginnt die *Recherche* auch nach jener nebulö-
sen Eingangspassage, in der sich der Ich-Erzähler in einem diffusen Zustand zwischen Traum und Wachen befindet, mit dem Warten des jungen Marcel auf den Gutenachtkuss der Mutter, jenes allabendliche Ritual, um

das sich das legendäre „Drama des Zubettgehens" entspinnt, mit dem der ödipale Familienzwist bezeichnet wird, bei dem die Sorge des Sohnes, ohne den Gutenachtkuss der Mutter ins Bett geschickt zu werden, auf das Unverständnis des allzu mächtigen Vaters stößt. Im Laufe seines Lebens wiederholt sich Marcels Warten auf den Gutenachtkuss der Mutter im Warten auf Gilberte und später in dem auf Albertine, genauso wie sich seine Sehnsucht nach Italien in der nach Balbec wiederholt.[14] In ewiger Er*wart*ung auf die nächste Erfüllung einer Sehnsucht (bzw. der Beschwichtigung einer Sorge) lebend, wird das Leben zur Dauerwarteschleife. Nur – wo die Erwartung groß ist, da lässt allein die Enttäuschung nicht lange auf sich warten. So muss der noch junge Erzähler bei seiner ersten Ankunft in Balbec ernüchtert feststellen, dass sich die gotische Kathedrale nicht in einer urwüchsigen Naturlandschaft und in unmittelbarerer Nähe eines vom Sturm gepeitschten Meeres befindet, wie er es sich aufgrund von Assoziationsketten und dank seiner starken Einbildungskraft ausgemalt hat. Stattdessen liegt sie einem Billardcafé gegenüber inmitten eines Verkehrsknotenpunktes der Stadt. Und die in seiner Vorstellung erhaben das Kirchenportal zierende Statue der Jungfrau fällt in der Realität nicht nur ziemlich mickrig aus, zu ihrer Schande muss sie sich auch das Licht einer Straßenlaterne mit einer angrenzenden Bankfiliale teilen. Vom Meer keine Spur. Es befindet sich fünf Meilen entfernt, in Balbec-Plage. Nicht zuletzt vermasselt sich der Erzähler die von seinen Eltern in Aussicht gestellte Reise nach Italien selbst, weil er sich so in seine Erwartung hineinsteigert, dass er erkrankt, worauf ihm der Arzt das Unternehmen für ein

Jahr untersagt.

In der Welt des Wandels versuchen die Figuren der *Recherche* fortwährend zu greifen, was nicht greifbar ist und zu halten, was nicht haltbar ist. Der Griff geht immer wieder ins Leere. Denn es fehlt irgendwie immer an Passgenauigkeit: Entweder hinken sie den Entwicklungen hinterher (etwa wenn sie meinen, dass sie den anderen endlich erkannt haben, dann aber feststellen, dass dieser jenes Wesen überhaupt nicht mehr darstellt, weil er sich inzwischen weiterentwickelt hat), oder sie sind den Entwicklungen voraus, etwa dann, wenn Wünsche, deren Verwirklichung sie einmal in Gang gesetzt haben, erst dann in Erfüllung gehen, wenn sie ihnen nichts mehr bedeuten: Wenn Swann endlich seine Geliebte Odette heiraten kann, der er monatelang hinterhergelaufen ist und um die er Qualen der Eifersucht erlitten hat, bedeutet sie ihm schon nichts mehr. Marcel lernt den Autor Bergotte erst dann kennen, als er ihn schon nicht mehr so sehr bewundert. Und wenn er am Ende der *Recherche* mit seiner Einladung zur Matineeveranstaltung im Stadtpalais der Guermantes Zugang zum Herzen des Hochadels erhält, so geht für ihn, den gesellschaftlich ambitionierten Aufsteiger, zwar ein lang gehegter Lebenstraum in Erfüllung, allerdings zu einem Zeitpunkt, an dem der Adel schon längst seine gesellschaftliche Stellung eingebüßt hat und an dem der Erzähler nichts mehr vom gesellschaftlichen Leben hält, dessen Oberflächlichkeit er mittlerweile erkannt hat. Bezeichnenderweise ist das Leben ja auch immer erst dann perfekt, wenn es zu Ende ist.

Dennoch gibt es im Leben des Erzählers hin und wieder auch Momente der Passgenauigkeit. Momente, in denen es ihm durch das Ablassen von Wünschen, Sorgen und Erwartungen gelingt, „aus der Ordnung der Zeit"[15] zu fallen und ganz im Augenblick aufzugehen. Momente dieser Außerzeitlichkeit sind insbesondere diejenigen, in denen er von der *mémoire involontaire*, der unwillkürlichen Erinnerung, heimgesucht wird. Gemeint sind jene blitzartigen Erinnerungsmomente, in denen eine sinnliche Wahrnehmung (etwa ein Geruch oder ein Geschmack) einen Moment der Vergangenheit heraufzubeschwören scheint. Der Erzähler erfährt im Laufe der Handlung (und ganz besonders am Ende der *Recherche*) eine Reihe dieser Erinnerungsmomente, die durch die verschiedensten Reize ausgelöst werden. Die bekannteste Episode in diesem Zusammenhang ist wohl diejenige, in der der Geschmack eines in Tee eingetauchten Gebäcks, der *petite madeleine*, im Erzähler Erinnerungen an seine in Combray verbrachte Kindheit hervorruft. Das Loop der Wiederholung (und nichts anderes ist die Erinnerung, die die Vergangenheit in die Gegenwart wiederholt), setzt den linearen Verlauf der Zeit außer Kraft, und es entsteht ein Augenblick der Gleichzeitigkeit oder der Einheit, der dem Erzähler ein „unerhörtes Glücksgefühl"[16] beschert.[17] Diese Momente, in denen die Zeit stillzustehen scheint, sind Momente der Ewigkeit, sind Momente erfüllter Zeit. Und es sind Momente der Inspiration, denn aus ihnen geht schließlich das literarische Werk des Erzählers hervor.

Dabei sind es allerdings nur diese unwillentlich herbeigeführten und nicht aktiv gesuchten Erinnerungen, die diese blitzartigen Momente der Erleuchtung auslösen, denn ihr Erleben setzt immer eine Haltung der Offenheit bzw. der Losgelassenheit voraus.

So wie der Marathonläufer im Fluss der Bewegung jenen meditativen Trancezustand erreicht, der mit *runners high* bezeichnet wird, so wie der Mönch im Fluss des gesprochenen Wortes zur *unio mystica,* der göttlichen Vereinigung, gelangt, so erfährt auch der Erzähler seinen inspirativen Moment nur, wenn er sich im Fluss befindet, wenn er an nichts Besonderes mehr denkt, nichts mehr will, nichts mehr begehrt, also ganz loslässt. Das Wort *Gelassenheit* stammt übrigens auch aus der mittelalterlichen Mystik und bezeichnet gleichermaßen einen Zustand als auch eine Haltung. Und zwar eine Haltung, die man durch ständige Übung immer wieder neu einnehmen muss.[18]

Konsequenterweise erfährt der Erzähler sein Heureka auch erst zu einem Zeitpunkt, an dem er die Hoffnung, den Stoff für sein literarisches Werk zu finden, schon fast aufgegeben, also ganz von seinen Wünschen abgelassen hat:

> In dem Augenblick aber, in dem uns alles verloren scheint, erreicht uns zuweilen die Stimme, die uns retten kann; man hat an alle Pforten geklopft, die auf gar nichts führen, vor der einzigen aber, durch die man eintreten kann, und die man vergeblich hundert Jahre lang hätte suchen können, steht man, ohne es zu wissen, und sie tut sich auf.[19]

Die Pforte, die sich ihm hier öffnet, ist diejenige des

Parmenides, aus der sich das gleißende Licht der Erkenntnis ergießt, das ihm offenbart, dass der Stoff seines Romans nichts anderes ist als das Leben selbst. Ganz gleich verhält es sich mit dem Glück: Es lässt sich nicht erzwingen und zeigt sich erst in dem Moment, in dem man es am wenigsten erwartet.

Ein Fluss der ganz besonderen Art ist der Rausch. Von seinem Freund Robert in die Geheimnisse der Nachtschwärmerei eingeweiht, gibt sich der Erzähler ganz dem Genuss des Alkohols hin, wodurch es ihm einmal mehr gelingt, aus der „Ordnung der Zeit" zu treten und sich ganz der „Beseligung der gegenwärtigen Minute"[20] hinzugeben. Paradoxerweise ist man gerade in dem Moment, in dem das Glück am größten scheint, bereit, dies „ohne Zögern dem Risiko eines jederzeit möglichen Unglücks"[21] auszusetzen.

Schließlich sind es noch die Momente der Versenkung bzw. der Kontemplation, in denen der Erzähler ganz im Augenblick lebt. Beim Lesen eines Buches, beim Hören eines Musikstückes, bei der Betrachtung der Natur oder eines Bildes steigt der Erzähler in die „Tiefen [seines] Innern"[22] hinab und vergisst die Zeit. Das Alleinsein ist ihm deshalb auch ein hohes Gut; die in oberflächlicher Zerstreuung zugebrachten Stunden in der Gesellschaft hingegen betrachtet er als „verloren"[23]. Das „ganze Unglück der Menschen", so der französische Philosoph und Naturwissenschaftler Blaise Pascal, rühre daher, „nicht ruhig in einem Zimmer bleiben zu können."[24] Das Leben der Allgemeinheit sei geprägt von „Unbeständigkeit, Langeweile [und] Ruhelosigkeit"[25]; ständig suche man sich abzulenken, sich zu zerstreuen, um sich nicht mit seiner eigenen Endlichkeit konfrontieren zu müssen und um vor der inneren Leere zu entfliehen. Pascal sieht in der Begegnung mit Gott, also in der religiösen Erfahrung, die einzige Möglichkeit, diese Leere zu füllen. In der gottverlassenen Welt der Moderne, wird die Kunst zum Religionsersatz und eine Tasse Tee zum heiligen Geist.

Was paradox klingt, ist nur logisch: Man kann nur außerhalb der Zeit existieren (bzw. sich von ihrer Doktrin freimachen), wenn man ganz in ihr aufgeht, also eins mit ihr wird bzw. mit ihr geht. Und das geht nur durch das Loslassen. Die Menschen halten jedoch zumeist fest. Sie halten fest an ihren Wünschen, Sorgen und Erwartungen, die von bestimmten Vorstellungen, Bildern und Klischees geprägt sind. Ohne sich selbst zu hinterfragen, tun sie Dinge, *weil man sie eben so tut* und nehmen Dinge hin, *weil sie eben so sind.* Dass alles auch immer ganz anders sein könnte, dass nichts notwendigerweise so ist, wie es ist, sich die Dinge aber aus irgendeinem Grund so entwickelt haben und dann zur Gewohnheit oder zur Institution geworden sind und als *Mythen des Alltags*[26] ihr Dasein fristen, ist ihnen nicht bewusst. Wenn sich die Mehrheit der Gesellschaft in der *Recherche* über die avantgardistische Kunst (sei es die des Malers Elstir, die des Komponisten Vinteuil oder die der Bühnenkünstlerin Rahel) echauffiert, dann deshalb, weil ihrer Meinung nach Kunst eben anders zu sein hat. Dabei stellt die Kunst (wie alles andere auch) nicht eine absolute und allzeit bestehende Größe dar, denn sie ist etwas, das sich entwickelt, ist also etwas Gewordenes (ganz so wie die schrullige Tante Léonie, die ihre Tage nicht immer schon fortwährend im Bett verbracht hat, sondern durch längst vergessene biografische Umstände zu derjenigen geworden ist, die sie ist). Die borniert Gesellschaft, die die Kunst der Avantgarde nicht versteht, hinkt der Zeit wahrhaft hinterher.

Auch gesellschaftliche Rollen sind nichts anderes als Schablonen, bei denen es ebenso immer irgendwie an Passgenauigkeit fehlt, denn man ist immer mehr als nur die Rolle. Dennoch zwängen sich die Figuren der *Recherche* in vorgefertigte Formen, geben sich ein *Image* und setzen sich in Szene, um von den anderen so gesehen zu werden, wie sie sich selbst sehen wollen: Odette erteilt ihrem Diener die Anweisung, die Lampen richtig anzuordnen, damit ein auf einer mit Plüsch drapierten Staffelei stehendes Portrait ihrer selbst buchstäblich ins rechte Licht gerückt wird; der Komponist Vinteuil legt kurz vor Ankunft seiner Besucher schnell noch ein Notenstück deutlich sichtbar auf dem Klavier zurecht, besinnt sich dann jedoch eines Besseren und nimmt es wieder weg, um eben doch nicht allzu aufdringlich zu wirken und um nicht den Eindruck zu erwecken, er wolle nur die Gelegenheit nutzen, den Besuchern seine neuesten Kompositionen vorzuspielen. Immerzu geben sie vor, etwas zu sein, was sie niemals sein können, da sie niemals etwas *sind*, sondern immer nur etwas *werden*. Glaubt man, man wäre mit einer Rolle identisch, so Sartre in *Das Sein und das Nichts*, dann macht man sich selbst etwas vor, und je mehr man versucht, eine Rolle perfekt auszufüllen, umso weniger authentisch ist man. Sartre verdeutlicht dies anhand seines übertrieben kellnerhaften Kaffeehauskellners, der „ein wenig allzu bestimmte und ein wenig allzu schnelle" Bewegungen an

den Tag legt und der sich „mit ein wenig zu viel Beflis-
senheit"[27] vor den Gästen verbeugt. Dieser Kellner, der
lediglich „spielt, Kaffeehauskellner zu sein"[28], ist wenig
authentisch. Sartres Kellner gleicht übrigens ganz jenem diensteifrigen und mit der richtigen Mischung aus
Verbindlichkeit und Diskretion stets überaus korrekt
auftretenden Oberkellner des Hotels zu Balbec. Er ist
eben *nur* Kellner und somit nichts als seine Rolle. Denn
wir sehen ihn durch die Augen des Erzählers, also durch
die Augen des Gastes, der ihn durch seine Betrachtung
erst zum Kellner werden lässt. „[…] die Hölle, das sind
die anderen"[29], so die Figur Garcin in Sartres *Geschlossene Gesellschaft*. Wir sind den Blicken der anderen immer ausgeliefert, sie können quasi aus uns machen, was
sie wollen. Umso wichtiger erscheint es uns dann, den
anderen mit dem richtigen Image, das wir uns geben, in
eine bestimmte Richtung zu lenken. Ob der andere darauf hereinfällt und was er tatsächlich über uns denkt,
darüber können wir nur spekulieren.

Es ist nicht zuletzt auch die Sprache, die uns fälschli-
cherweise eine Realität suggeriert, die so gar nicht vorhanden ist. Denn die sprachlichen Begriffe, mit denen
wir Dinge, Zustände und Gefühle bezeichnen, wirken
immer eingrenzend. Kurz, wir versehen alles mit einem
sprachlichen Label, auf dem nur annähernd drauf steht,
was niemals drin stecken kann. Dem Künstler Elstir zufolge führt der Gebrauch der Sprache sogar zur Verar-
mung der Wahrnehmungsfähigkeit, entsprächen die
„Namen, mit denen die Dinge bezeichnet werden, […]
[doch] immer einer begrifflichen Auffassung, die unseren wahren Eindrücken fernsteht und uns zwingt, von

ihnen all das fortzulassen, was zu dem Begriff nicht paßt.“[30] Meinte nicht auch Wittgenstein, dass „die Grenzen meiner Sprache […] die Grenzen meiner Welt“ bedeuten?[31] Der Zweifel daran, dass Sprache überhaupt imstande ist, die Realität adäquat abzubilden, führt im frühen 20. Jahrhundert zu einer regelrechten Sprachskepsis, deren bekanntestes Zeugnis vielleicht Hugo von Hofmannsthals 1902 verfasster Chandos Brief ist, in dem sich der fiktive Dichter Philipp Lord Chandos im Jahre 1603 ratsuchend an den Naturwissenschaftler und Philosophen Francis Bacon wendet, da ihn ein plötzlich auftretender Unmut über die Sprache als Ausdrucksmittel in eine tiefe literarische Schaffenskrise gestürzt hat: „Es ist mir völlig die Fähigkeit abhandengekommen, über irgendetwas zusammenhängend zu denken oder zu sprechen. […] Es zerfiel mir alles in Teile, die Teile wieder in Teile, und nichts mehr ließ sich mit einem Begriff umspannen. Die einzelnen Worte schwammen um mich.“[32]

Es sind gerade die festen Bilder und Klischees in unseren Köpfen, die immer wieder zu einer Enttäuschung führen, weil sie nicht mit der Realität übereinstimmen. Wer jedoch *ent*täuscht wird, der muss vorher *ge*täuscht werden, und es ist wesentlich die Unterhaltungsindustrie, der diese Täuschungen zu verdanken sind. So sind Marcels Vorstellungen von Balbec als wilde und ursprüngliche Naturlandschaft auch auf die romantische Literatur, aus der ihm seine Mutter vorliest, zurückzuführen. Die Desillusion des Erzählers ist die Desillusion einer Emma Bovary, deren holde Vorstellungen von Liebe, die sie ihrer romantischen Lektüre verdankt, in

einem langweiligen Eheleben an der Seite des einfälti-
gen Spießers Charles Bovary münden. Schopenhauer
empfiehlt deshalb auch auf ganz schopenhauersche Art,
junge Leute einer Radikalkur ihrer romantischen Fanta-
sien zu unterziehen:

> Man hätte viel gewonnen, wenn man, durch zei-
> tige Belehrung, den Wahn, daß in der Welt viel
> zu holen sei, in den Jünglingen ausrotten könnte.
> Aber das Umgekehrte geschieht dadurch, daß
> meistens uns das Leben früher durch die Dich-
> tung, als durch die Wirklichkeit bekannt wird.
> Die von jener geschilderten Szenen prangen, im
> Morgenrot unserer eigenen Jugend, vor unserm
> Blick, und nun peinigt uns die Sehnsucht, sie ver-
> wirklicht zu sehen, – den Regenbogen zu fassen.
> Der Jüngling erwartet seinen Lebenslauf in Form
> eines interessanten Romans.[33]

Schopenhauer, einer der wahrscheinlich nihilistischsten
Philosophen, fasst die ganze Desillusion des Alters
denn auch ganz lapidar zusammen:

> Wenn, in meinen Jünglingsjahren, es an meiner
> Tür schellte, wurde ich vergnügt: denn ich
> dachte, nun käme es. Aber in späteren Jahren
> hatte meine Empfindung, bei demselben Anlaß,
> vielmehr etwas dem Schrecken Verwandtes: ich
> dachte: „da kommt’s.“[34]

Die Charaktere der *Recherche* führen einen beständigen

Kampf gegen die Windmühlen ihrer eigenen Vorstellungskraft, dabei könnten sie eigentlich mal ganz lockerlassen, denn wenn einerseits nichts so toll ist wie erwartet, so ist andererseits auch nichts so schlimm wie befürchtet: Swann verbringt die ganze Nacht schlaflos, weil er sich in allen Facetten ausmalt, mit wem sich Odette wohl amüsiert, nur um später zu erfahren, dass sie schon um zehn Uhr im Bett gelegen hat. Es kommt eben immer anders als man denkt.

Wenn am Ende der *Recherche* die Gäste des „Maskenballs" mit ihren „puppenhaft[…]" anmutenden Gesichtern und der „Munterkeit ihrer achtzehn Jahre" wirken wie „ungewöhnlich verbrauchte junge Leute von achtzehn"[35], dann deshalb, weil sie nicht im Fluss geblieben sind und sich nicht weiterentwickelt haben. Die ewige Wiederholung ihrer immer gleichen Gesten, Gebärden und Gewohnheiten hat sie erstarren lassen. Während die Wiederholung ohne Variation zu einem Auf-der-Stelle-Treten führt, birgt die Wiederholung mit Variation das Potential für Entwicklung. Sie ist denn auch ein zumeist gänzlich unterschätztes Ereignis.

Lob der Wiederholung

Es ist im zweiten Band der *Recherche*, da wird sich der Erzähler, der sich „Tag für Tag noch auf der Schwelle eines bislang unberührten Lebens glaubte, das erst morgen beginnen werde", zum ersten Mal darüber bewusst, dass seine „Existenz bereits ihren Anfang genommen" hat, und es beschleicht ihn allmählich die Befürchtung, „dass das, was käme, nicht allzu verschieden von dem sein werde, was vorausgegangen war."[36] Statt Ankommen nur die Wiederholung. Für Marcel, der schon in jungen Jahren davon träumt, Schriftsteller zu werden, scheint das Leben vor allem deshalb nicht anzufangen, weil er die Arbeit an seinem Werk aus fadenscheinigen Gründen kontinuierlich vor sich herschiebt. Mal empfindet er eine innere Leere, dann ist es wieder sein gesundheitlicher Zustand, der ihm die Arbeit unmöglich macht. Am Ende flüchtet er sich nicht selten ins Theater, wobei er von heftigen Schuldgefühlen geplagt wird.

Was sich innerhalb eines Lebens wiederholt, ist letztendlich nur die Wiederholung dessen, was Generationen vorher durchlaufen haben. So ist die Liebesbeziehung von Marcel und Albertine mit ihren Verstrickungen in Lügengeschichten, dem endlosem Bohren nach Geständnissen und dem Bespitzelnlassen der Geliebten durch Dritte nur eine Neuauflage der Beziehung von

Swann und Odette. Und beide spiegeln wiederum die Beziehung von Robert und Rahel sowie diejenige des Baron de Charlus mit dem Geigenspieler Morel wider. Die unglückliche Liebe ist ein Leitmotiv, das sich in den verschiedensten Variationen durch die gesamte *Recherche* zieht.

In dem sich wiederholenden Immer-so-weiter plätschert das Leben so dahin. Es passiert nicht viel auf diesen mehr als 4000 Seiten. Und auch wenn sich am Ende der *Recherche* gesellschaftliche Verhältnisse geradezu umgekehrt haben, weil einige sozial aufgestiegen sind, während andere ihren hohen gesellschaftlichen Rang eingebüßt haben, so bleiben Klatsch und Tratsch trotzdem dieselben und mit ihnen verbleibt auch die Langeweile.

Dennoch – die Wiederholung in Reinform gibt es nicht, denn jede Wiederholung birgt immer eine Variation. In seiner 1843 entstandenen Abhandlung *Die Wiederholung* erzählt Kierkegaard unter dem Pseudonym Constantin Constantius in amüsanter Weise von einem eigenhändig ausgeführten Experiment: Er fährt ein zweites Mal nach Berlin, um festzustellen, ob sich Dinge in genau derselben Art und Weise zutragen, wie bei seiner ersten Berlinreise. Das Ergebnis ist wenig überraschend: Auch wenn er dasselbe Hotel besucht, denselben Tätigkeiten nachgeht, er findet natürlich die Dinge in anderer Weise vor; und wenn er eines Abends bei einem Theaterbesuch seinen Stammplatz nicht erhält und darüber hinaus das Mädchen nicht erblicken kann, das er damals jeden Abend beobachtet hat, verlässt er unter der Kenntnisnahme, dass es gar keine Wiederholung gibt, ernüchtert den Zuschauersaal.

Auch für Bergson gibt es keine reine Wiederholung des subjektiven Erlebens, da neue Erfahrungen unaufhörlich zu den bereits vorhandenen und im Bewusstsein abgespeicherten hinzutreten und diese beeinflussen, indem sie sie überlagern und sich mit ihnen vermischen. Weil sich das Ganze so in einem ständigen Prozess der Reorganisation mit stets neuen Ausgangsbedingungen befindet, kann ein Ereignis nie zweimal dieselbe Wirkung auslösen. Man steigt nie zweimal in denselben Fluss. Jeder Augenblick ist einmalig und unwiederholbar. So ist auch das vermeintlich monotone Dasein, bei dem sich ununterbrochen „weitere Stücke" in rein additiver Weise „an eine sich immer nur verlängernde Existenz"[37] zu heften scheinen, tatsächlich nicht gegeben. Jede neue Erfahrung bewirkt immer eine qualitative Veränderung des Bewusstseins, also einen Reifungsprozess. Echtes Verständnis wird überhaupt erst durch die Wiederholung möglich. Was einmalig erfahren wird, bleibt vereinzelt und zusammenhanglos, das wiederholt Erfahrene macht die Zusammenhänge eines Ganzen deutlich. Und es ist das Gedächtnis bzw. das Bewusstsein, das diese Zusammenhänge herstellt. So hinterließen auch die einzelnen Töne der Klaviersonate Vinteuils bei Swann lediglich einen flüchtigen Eindruck und verschwänden schon bald wieder, nähme nicht sein „Gedächtnis [...] einen Abdruck jener flüchtigen Takte"[38], wodurch ihm das Gehörte, sobald es wiederholt wird, greifbarer wird, bis sich ihm allmählich aus dem allgemeinen „Klanggewoge"[39] ein Thema bzw. eine geordnete Struktur in ihrer Ganzheit erschließt, was ihn mit einem Glück erfüllt, das demjenigen entspricht, das der Erzähler im Moment seines Madeleine-

Erlebnisses erfährt. Deshalb ist es auch oftmals erst das wiederholte Lesen eines Buches oder das wiederholte Sehen eines Filmes, das den wahren Genuss verschafft, vorausgesetzt das Werk zeugt von Qualität.

Wenn in der *Recherche* die avantgardistische Kunst von der Menge zunächst nicht verstanden wird, dann auch deshalb, weil eine Wiederholung noch nicht stattgefunden hat und das Neue noch nicht in einen Zusammenhang eingeordnet werden kann. Dem Publikum erscheint Vinteuils Sonate als eine Folge willkürlicher Töne; als wahllos dahingekleckst empfinden sie zudem die Farbgestaltung Elstirs Bilder. Und so wie man sich an einer fein gedeckten Tafel beim Nachbarn Aufschluss über den Umgang mit ganz neuartigem Besteck erhofft, so schielt ein jeder verstohlen zu den Nachbarn nach rechts und links hinüber, um in ihren Gesichtern nach Informationen darüber zu suchen, wie die neue Kunst wohl zu bewerten ist. Erst wenn sich die Gesellschaft an das Neue gewöhnt hat, wenn es als Mainstream in ihrer Mitte angekommen ist, dann wird aus der einst verschmähten Rahel eine gefeierte Schauspielerin, um die sich jeder reißt, und aus Bergotte wird der anerkannte Schriftsteller. Die Menge kennt immer nur das, „was sie den Clichés einer langsam verdauten Kunst verdankt"[40] und da „jeder originale Künstler zuerst einmal diese Clichés verwirft"[41], wird dieser anfangs zumeist missverstanden. Was wahrhaft gut ist, zeigt sich oft erst nach Verstreichen einer gewissen Zeit. Gut Ding will eben Weile haben.

Aber nicht nur das Verständnis einer Sache, auch die Entfaltung eines Könnens ist eine Frage der Zeit. Man sagt, dass etwa 10.000 Stunden Übung notwendig sind,

um es in einer Disziplin, egal welcher Art, zur Meister-
schaft zu bringen.[42] Virtuosität erreicht man nur mithilfe
von Übung. Ständige Wiederholung führt zur Verbesse-
rung, vorausgesetzt es findet eine Variation statt, mag
sie auch noch so gering sein.

So kann auch das abfällige Urteil, das Monsieur de
Noirpois, ein angesehener Diplomat und Bekannter von
Marcels Vater, über eine literarische Skizze des Heranwachsenden fällt, diesen nur deshalb mit voller Wucht
erschüttern, weil Marcel zunächst ein falsches Verständnis des Schaffensprozesses hat. Künstlerisches
Können ist jedoch nicht eine göttliche Gabe des Genies,
es ist vielmehr etwas, das durch Fleiß und Übung hart
erarbeitet werden muss. Genie ist eben doch nur ein Prozent Inspiration und neunundneunzig Prozent Transpi-
ration, wie schon Thomas Edison meinte. Man wird
nicht zu etwas geboren, sondern zu etwas gemacht. Wie
Tante Léonie sind wir alle durch unsere Erfahrungen
und vor allem durch unsere Gewohnheiten, den kleinen
Wiederholungen des Alltags, zu dem geworden, was
wir sind. Unsere Gesichtszüge, so der Erzähler, sind „eigentlich nichts anderes als bestimmte, durch Gewohnheit festgewordene Gebärden"[43]. Doch wenn jahrelange
Anstrengung „furchtbar verwüstet[e] Gesichter wie die
des alten Rembrandt [oder] des alten Beethoven"[44] hervorgebracht hat, so wirken sich manche Lebensgewohn-
heiten auch sichtbar positiv aus, denn so mancher – so
bemerkt der Erzähler auf dem „Maskenball" am Ende
der *Recherche* ebenfalls – ist durch den Verzicht auf Al-
kohol und Salz „zu dem Status seiner dreißig Jahre zu-
rückgekehrt"[45].

Wiederholung ermöglicht Antizipation, und Antizipation bedeutet Fluss. Der Geigenspieler ist immer schon bei der nächsten Note, der Tänzer bei der nächsten Bewegung. Und es ist dieser durch Antizipation entstehende Fluss, der Bergson zufolge einem Tänzer nicht nur die Anmut der Leichtigkeit verleiht, sondern es auch vermag, den Verlauf der Zeit außer Gefecht zu setzen und Gegenwart und Zukunft zu einer Einheit verschmelzen zu lassen:

> Considérons […] le sentiment de la grâce. Ce n'est d'abord que la perception d'une certaine aisance, d'une certaine facilité dans les mouvements extérieurs. Et comme des mouvements faciles sont ceux qui se préparent les uns les autres, nous finissons par trouver une aisance supérieure aux mouvements qui se faisaient prévoir, aux attitudes présentes où sont indiquées et comme préformées les attitudes à venir. Si les mouvements saccadés manquent de grâce, c'est parce que chacun d'eux se suffit à lui-même et n'annonce pas ceux qui vont le suivre. Si la grâce préfère les courbes aux lignes brisées, c'est que la ligne courbe change de direction à tout moment, mais que chaque direction nouvelle était indiquée dans celle qui la précédait. La perception d'une facilité à se mouvoir vient donc se fondre ici dans le plaisir d'arrêter en quellque sorte la marche du temps, et de tenir l'avenir dans le présent.[46]

Betrachten wir […] das Gefühl von Anmut. Zunächst ist es nichts als die Wahrnehmung einer gewissen Ungezwungenheit, einer gewissen Leichtigkeit der äußeren Bewegungen. Und da die leichten Bewegungen diejenigen sind, die einander vorbereiten, finden wir schließlich eine größere Ungezwungenheit in den Bewegungen, die sich voraussehen lassen, in den gegenwärtigen Haltungen, in denen die künftigen schon angedeutet und gewissermaßen präfiguriert sind. Wenn es ruckartigen Bewegungen an Anmut mangelt, dann liegt das daran, dass jede von ihnen sich selbst genügt und die folgenden nicht ankündigt. Wenn die Anmut die Kurven der gebrochenen Linien vorzieht, dann deshalb, weil die gebogene Linie jeden Moment die Richtung ändert, wobei jedoch jede neue Richtung in der vorangehenden bereits angezeigt wird. Die Wahrnehmung einer Leichtigkeit in der Bewegung verbindet sich somit mit dem Vergnügen, das Vergehen der Zeit gewissermaßen aufzuhalten und in der Gegenwart schon die Zukunft zu halten.[47]

Die fließende Bewegung des Tänzers, das ist William Hogarths *line of beauty*, die S-förmige Schlangenlinie, die in ästhetischer Hinsicht immer der gebrochenen Zick-Zack-Linie vorzuziehen sei.[48] Sie repräsentiert das Fließende, das Dauernde, das Lebendige. Sie ist die *eine* ununterbrochene Bewegung. Hogarth ließ sich übrigens für die Entwicklung seiner Gedanken nicht nur von gewundenen Tisch- und Stuhlbeinen inspirieren, sondern eben auch von den kreisförmigen Bewegungen der Volkstänzer.[49]

Im Rhythmus der Musik, so führt Bergson seine Überlegungen weiter aus, ließen sich die Bewegungen des Tänzers besonders gut voraussehen, so dass es uns erscheine, als gehorche er uns wie eine „imaginäre Marionette" (*marionnette imaginaire*) an „unsichtbaren Drähten" (*fils invisibles*). Und halte er einmal inne, so ertappten wir uns dabei, ihn mit einer Handbewegung wieder in die Bewegung zurückversetzen zu wollen.[50] Die Wiederholung führt zur Automatisierung von Prozessen, lässt uns eins werden mit unserer Tätigkeit, ja lässt uns zu eben dieser selbst werden. Der Marathonläufer wird in der gleichmäßigen Wiederholung seiner Schritte zur „Maschine"[51] und der Betende wird in der rhythmischen Wiederholung seiner Worte zum Wort selbst, bis sie schließlich jenen inspirativen Moment des *runners high* bzw. der *unio mystica* erreichen.

Große Denker, egal ob Goethe, Nietzsche, Schopenhauer, Kant oder auch Kierkegaard und Bergson, waren nicht selten auch leidenschaftliche Spaziergänger bzw. Wanderer, denn die automatisierte und auf das Wesentliche reduzierte körperliche Aktivität befreit die Gedanken, bringt sie zum Fließen. Daher rührt im Übrigen auch das Peripatos der alten Griechen, der Wandelgang, der in der Antike das Denken in Bewegung bringen sollte. Bekanntermaßen vertraute Nietzsche ja auch keinem Gedanken, der nicht im Gehen entstanden ist.

Wenn ein Kind Wiederholungen und alle Formen von Routinen liebt (es wird nicht müde, dieselbe Geschichte immer wieder zu hören, denselben Film immer wieder zu sehen), dann deshalb, weil es in der Wiederholung eine Garantie für Kontinuität und somit für Stabilität findet. Deshalb ist auch das traditionsreiche Combray

mit seinen Routinen und Ritualen der Inbegriff der be-
hüteten Kindheit. Da sind zum einen die zyklisch wiederkehrenden Bräuche der christlichen Kirche wie das
Osterfest oder die Maiandacht, und da sind zum anderen
die diversen Familienroutinen wie die sonntäglichen
Spaziergänge, die entweder in die die Gegend von
Méséglise-la-Vineuse oder in die von Guermantes führen. Da ist das vorgezogene Mittagessen an Samstagen,
eine Art routinierter Ausnahme der Routine, das dem
Tag etwas „Gelockertes und eigentlich Sympathisches"[52] verleiht. Und da sind die allabendlichen Besuche, die der Nachbar Swann der Familie des Erzählers
abstattet (allerdings sehr zu dessen Verdruss, sieht er
durch sie doch den allabendlichen Gutenachtkuss seiner
Mutter in Gefahr). Diese Familienroutinen sorgen einerseits für ausreichend (obgleich immer denselben) Ge-
sprächsstoff, sie stiften andererseits auch ein gemeinsa-
mes Band zwischen den Familienmitgliedern, deren
Sprachspiele sie zu einer verschworenen Gemeinschaft
von Eingeweihten machen. So erinnert man sich sams-
tags gegenseitig daran, dass ja früher als üblich gegges-
sen werde und Swanns Klingeln führt stets zu derselben
rhetorischen Frage, wer das denn sein könne, auf die
dann prompt die ratlosen Blicke der anderen folgen.

Zuletzt ist die Wiederholung notwendig für die assoziativen Verknüpfungen, auf denen die *mémoire involontaire* beruht. So wie dem Erzähler die Staubwolke im
sonnenbeschienenen Zimmer und das einsame Summen
einer Fliege ganz von der „Substanz"[53] des Frühlings
bzw. des Sommers getränkt zu sein scheinen, weil er im
Rhythmus der wiederkehrenden Jahreszeiten mehrfach
dieselben Erfahrungen gemacht hat, so wird auch die

Sonate Vinteuils zur „Nationalhymne"[54] von Swann und Odette, denn dieses zur Anfangszeit ihrer Liebe häufig gehörte Stück wird Swann später immer an diese Zeit erinnern. Die Dinge scheinen das Erleben regelrecht in sich aufzuspeichern, um sie in den Momenten der *mémoire involontaire* wieder freizusetzen, vorausgesetzt, zwischen Erleben und Wiedererleben ist einige Zeit verstrichen und ein bestimmter Klang, ein Geruch oder ein Geschmack ist vorübergehend in Vergessenheit geraten, denn nur die neuartige Sinnesempfindung hat die Kraft, uns mit voller Wucht zu erfassen, denn bei ihr greift der Abnutzungseffekt der Gewohnheit nicht.

Wiederholung, Erinnerung und Erkenntnis stehen seit der Antike im Zusammenhang. In seinem Dialog *Menon* erzählt Platon, wie Sokrates anhand eines Experimentes zu beweisen versucht, dass jeder Mensch über ein von vornherein gegebenes Wissen verfügt, das, obgleich verschüttet, jederzeit (und gegebenenfalls mithilfe eines äußeren Anstoßes wie z.B. dem eines Lehrers) wieder aktiviert werden kann. Sokrates lässt zum Beweis seiner These einen ungebildeten Sklaven eine Rechenaufgabe lösen, dem es dann gelingt, ganz aus sich selbst heraus (wenn auch mit einiger Hilfestellung seines Lehrers) zur Lösung des Problems zu gelangen. Gleichermaßen kann der Erzähler der *Recherche* den Stoff seines Werkes nicht irgendwo da draußen in der Welt finden (worauf er ja immerzu wartet), sondern nur in sich selbst, und zwar in seinen Erinnerungen, die im Moment der *mémoire involontaire* wieder hervorgeholt werden.

In der Erwartung auf das Große hat der Erzähler lange Zeit das Naheliegende nicht gesehen, und dies ist nichts Geringeres als des Lebens ganze Fülle. Der Fähigkeit, dies zu sehen, bedurfte es jedoch erst der Kunst eines Elstirs.

Die Kunst der
Wahrnehmung

In dem Moment, in dem der Erzähler das erste Mal Elstirs Atelier betritt, wird er von der Fülle an Gemälden (bei den meisten von ihnen handelt es sich um Seestücke in den verschiedensten Variationen und Größen) schier überwältigt. Eines von ihnen, es trägt den Titel *Hafen von Carquethuit*, schaut er sich genauer an: Hier fließen Land und Meer ineinander, übereinanderliegende Schiffsrümpfe lösen sich im Nebeldunst auf und werden zu Teilen der Stadt, die wiederum ganz mit dem Meer verschmilzt. Indem er Grenzen zum Zerfließen bringt und eines an die Stelle eines anderen setzt, fordert Elstir die Sehgewohnheiten des Betrachters heraus und löst die begrenzten Kategorien, in die der menschliche Verstand alles einteilt, auf. Elstir malt nicht, was er verstandesgemäß weiß, sondern was er mit unvoreingenommenen Sinnen wahrnimmt. In seinem Atelier, dem „Laboratorium […] neuer Weltenschöpfung"[55], kreiert er seine ganz eigenen Welten, mit denen er den Betrachter neu sehen lehrt.

Die literarische Figur Elstir, der mehrere reale Vorbilder Modell gestanden haben, darunter Whistler, Renoir und Manet sowie der amerikanische Künstler Alexander Harrison, den Proust 1895 bei einem Aufenthalt in der Bretagne kennen lernte, ist einer jener junger Maler, die in der zweiten Hälfte des 19. Jahrhunderts mit ihrer neuen Malweise nicht nur die Kunst, sondern auch die gesamte Wahrnehmungsweise der Gesellschaft revolutionierten. Diese avantgardistischen Künstler wandten den Blick von den großen mythologischen, geschichtlichen oder religiösen Stoffen der traditionellen akademischen Malerei ab und richteten ihn stattdessen auf das Naheliegende, das Alltägliche, das flüchtige Hier und Jetzt.

In seinem um 1860 entstandenen Essay „Le peintre de la vie moderne", einer Art Pamphlet der modernen Kunst, fordert Baudelaire dazu auf, die Schönheit des Alltäglichen abzubilden. Schönheit, das sei nicht mehr das vermeintlich ewig Wahre religiöser und mythologischer Stoffe, sondern vielmehr das „Vorübergehende, das Entschwindende, das Zufällige"[56] des modernen Großstadtlebens. Das seien die „schönen Equipagen", die „stolzen Gäule", die „Geschicklichkeit der Lakaien" und die „Haltung der biegsamen Frauenleiber"[57]. Lediglich der träge Künstler verharre in überkommenen Traditionen, sei es doch „bequemer, zu erklären, an der Kleidung einer Epoche sei alles absolut häßlich, als sich die Mühe zu machen, die geheimnisvolle Schönheit, die darin enthalten sein mag, so gering oder flüchtig sie auch sei, herauszuholen"[58]. So entsteht am Ende des 19. Jahrhunderts eine Reihe von Momentaufnahmen, von Schnappschüssen des alltäglichen Lebens einer aufstrebenden bürgerlichen Gesellschaft, die sich einer ganz neuen Erfindung erfreut, nämlich der Freizeit. Deshalb gibt es stets dieselben Szenen von jungen Damen und Herren beim Picknick, beim Tanz, beim Spaziergang, beim Einkaufsbummel, beim Rudern oder beim Strandvergnügen. Gelegentlich gewähren Gemälde auch einen Einblick in gesellschaftliche Abgründe, wie etwa dem des einsamen Alkoholkonsums in fragwürdigen Etablissements, oder sie stellen durch die Abbildung von Industriehäfen oder Bahnhöfen mitsamt dampfenden Maschinen die neuen technischen Errungenschaften des angebrochenen Industriezeitalters dar. Vor allem aber ist es das Licht der Sonne, das eine zentrale Rolle spielt; sei es, dass es allem eine rötliche Färbung verleiht oder dass es in leuchtenden Punkten hier und da aufflackert. Denn es ist gerade dieses Licht, das in besonderem Maße auf die Flüchtigkeit des Seins verweist. Und wo es darum geht, die Impression eines flüchtigen Augenblicks einzufangen, da muss das Streben nach einer möglichst realitätsnahen und detailgetreuen Abbildung zugunsten einer schnellen Arbeitsweise mit hastigen Pinselstrichen aufgegeben werden. Kein Wunder, dass im Jahre 1872 Monets Gemälde *Impression, soleil levant* – eine skizzenartige Wiedergabe des Hafens von Le Havre, in deren Mitte sich eine orangerot glühende Sonne aus dem blauen Dunst des Frühnebels erhebt – den abwertenden Kommentar eines Kritikers provozierte: „Eindruck – Impression, was sonst […], eine Tapete im Embryonalstadium ist weiter gediehen als dieses Seestück.“[59] Er ahnte dabei nicht, dass er auf diese Weise einer Gruppe junger Künstler ungewollt zu ihrem Namen verhalf: Denn es handelt sich bei ihnen natürlich um die Impressionisten.

Wenn der aufgrund seiner hohen Erwartungen an Balbec zutiefst enttäuschte Erzähler versucht, alles, was

nicht nach wilder und urwüchsiger Naturlandschaft aus-
sieht, aus seinem Gesichtsfeld auszuschließen, dann ist
es Elstir, der ihm die Augen für die Schönheit des mon-
dänen Balbecer Sommers öffnet: für das sich stets ver-
ändernde Meer, die Farben der Yachten und die Kleider
eleganter Damen. So macht Elstir den Erzähler zu jenem „passionierte[n] Beobachter"[60], den Baudelaire in
seinem oben genannten Essay den *Flaneur* nennt. Der
Flaneur ist der Mann der Menge, der moderne Groß-
stadtmensch, der zweckfrei Schauende, der sich „im
Wogenden, in der Bewegung, im Flüchtigen und Unendlichen"[61] treiben lässt, während er alle auf ihn ein-
strömenden Eindrücke mit ungeteiltem Interesse, also
offen und unvoreingenommen statt wertend und tren-
nend, aufnimmt.

Was Elstir für den Erzähler, das ist dieser (bzw.
Proust) für den Leser. „Mein Buch ist ein Gemälde"[62],
so Proust in einem Brief an Jean Cocteau. Die *Recherche*, das ist in der Tat das große Gesamtkunstwerk, das
sich zusammensetzt aus unzähligen kleinen impressionistischen Schnappschüssen eines erinnerten Lebens
mit all seinen Höhen und Tiefen, tragisch anmutenden
Missverständnissen, charakterlichen Entgleisungen, gesellschaftlichen Belanglosigkeiten und vor allem mit
seinen vielen Augenblicken intensiven sinnlichen Erlebens. Besonders Combray, der Ort der Kindheit, ist mit
seiner Fluss- und Wiesenlandschaft, mit seinen blühen-
den Weißdornhecken und Apfelbäumen sowie dem
Haus der Tante Léonie, in dessen Küche die geschäftige
Haushälterin Françoise ihre köstlichen Gaumenfreuden
zubereitet, eine Welt der sinnlichen Fülle: eine Welt
voller Farben, Gerüche und Klänge. Combray, das ist

die Welt aus der Sicht des Kindes betrachtet, dessen Wahrnehmungsfähigkeit noch nicht von der Gewohnheit abgenutzt ist.

Wo jedoch eine Welt untergeht, da erstrahlt eine andere in ganz neuem Glanz: Die jugendliche Welt von Balbec ist mit dem strahlend weißen Grand Hotel, dessen lichtdurchfluteter Speisesaal den Blick auf das in der Sonne glitzernde Meer freigibt, und mit dem stetigen Meeresrauschen, unter das sich die Stimmen der am Strand spielenden Kinder und das Kreischen der Möwen mischen, zwar ganz anders geartet als Combray; was den sinnlichen Reichtum betrifft, steht allerdings der mondäne Badeort der ländlichen Idylle in nichts nach.

Proust beschreibt nicht „ein Leben, wie es gewesen ist […], sondern ein Leben, so wie der, der's erlebt hat, dieses Leben erinnert."[63] Und so nehmen die erinnerten Momentaufnahmen die subjektiv geprägte charakteristische Färbung vergangener Epochen an: Wird alles, was mit Combray in Zusammenhang steht, in das zarte Rosa oder das fluffige Weiß der Blüten bzw. in das Orangegelb der Sommersonne oder der Laterna magica[64] getaucht, so sind es das gleißende Licht der unerbittlich vom Himmel niederbrennenden Sonne und der scharfe Kontrast von Azurblau und Weiß, die sich über die Erinnerungen von Balbec legen. Balbec ist sowohl eine Variation als auch eine Weiterführung Combrays: Wacht hier noch die traditionsreiche Kirche über die Schar der Häuser, so ist es dort das glamouröse Grand Hotel, das sich über die Ortschaft erhebt. Sind es dort die derberen Gaumenfreuden, für deren Zubereitung Françoise den Hühnern eigenhändig den Garaus macht, so werden in Balbec mit Seezunge zum Frühstück raffiniertere kulinarische Genüsse aufgeboten.

Auch auf gestalterischer Ebene arbeitet der Erzähler ganz in impressionistischer Manier, etwa wenn er versucht, Albertines Wesen einzufangen, was ihm aufgrund seines flüchtigen Charakters immer nur skizzenhaft gelingt. Mal erscheint ihm ihr Gesicht „glanzlos, mit grauer Gesichtsfarbe, trüber Miene [und] einem schräg durch die Augenlider laufenden durchsichtigen violetten Schein", dann wieder wie eine „strahlend[e] Fläche", auf die er seine Wünsche projizieren kann; mal sind ihre Wangen „matt getönt […] wie weißes Wachs" oder „von einer beweglichen Helligkeit getränkt", dann wieder nehmen sie „den ins Violette spielend[e] rosa Ton von Zyklamen" oder den „düsteren Purpurton gewisser Rosensorten" an.[65] Und wenn Marcel sein Auge einer Kamera gleich über die vor ihm liegende, schlafende Albertine gleiten lässt und so jeden Winkel ihres Körpers erforscht, wobei er selbst die von ihrem Haar verdeckten und folglich seinem Blick verborgenen Partien in seiner Vorstellung verlängert, dann wird die Geliebte zu einem Landschaftsgemälde, das sogar kubistische Züge annimmt. In einer Welt ohne Gott wird die göttliche Zentralperspektive aufgegeben. Das Auge ist jetzt überall. Eine neue Sichtweise, für die es die Erfindung der Kamera brauchte. Einmal mehr wird deutlich: Unsere Sicht auf die Dinge ist immer abhängig von dem von uns eingenommenen Standpunkt.

Wie in der impressionistischen Malerei, so ist es auch bei Proust das Licht der Sonne, das immer wieder eine zentrale Rolle einnimmt. Sei es, dass es sich in einem

„fantastischen Flammenregen"[66] in den Fenstern der Dorfkirche ergießt, sich in tanzenden Punkten seinen Weg durch das schmiedeeiserne Balkongitter bahnt, als Abendrot in den verglasten Wandregalen des Balbecer Hotelzimmers widerscheint oder an nebelverhangenen Novembertagen im flammenden Kolorit der Chrysanthemen noch ein letztes Mal nachlebt, bevor es dann endgültig erlischt. Wenn der Erzähler schließlich beim Betreten seines Hotelzimmers einen Moment innehält und betrachtet, wie sich die Sonne auf dem zerwühlten Bett, dem Waschtisch und dem in aller Hast des Auspackens umgestürzten Koffer ergießt und dabei nicht nur die Unordnung im Zimmer, sondern auch das Muster der Tapete umso deutlicher hervortreten lässt, so beschwört er einen jener Momente herauf, in denen die Zeit stillzustehen scheint, und es entsteht ein wahrhaftiges Stillleben, das den heutigen Leser vielleicht an Gemälde von Edward Hopper denken lässt; Gemälde, die hinter dem Gewöhnlichen immer das Geheimnisvolle vermuten lassen und eine hinter den Dingen liegende Tiefenschicht des Seins offenbaren. *Moments of being* nennt Virginia Woolf in ihrem autobiographischen Essay *A Sketch of the Past* diese intensiven Momente, in denen sich für einen kurzen Augenblick der Schleier des Alltäglichen („the cotton wool of daily life"[67]) hebt, die Dinge in einem anderen Licht erscheinen und der Zusammenhang des Seins erkennbar wird. Eine epiphanische Erfahrung, die ganz dem Madeleine-Erlebnis entspricht.

Ist auch jeder Mensch ein „Einsamer", gefangen in der eigenen Subjektivität, so bietet doch die Kunst die Möglichkeit, aus sich herauszutreten, um den anderen mit der eigenen Sichtweise zu bereichern:

> Die einzige wahre Reise [...] wäre für uns, wenn
> wir nicht neue Landschaften aufsuchten, sondern
> andere Augen hätten, das All mit den Augen ei-
> nes anderen betrachten, von hundert anderen be-
> trachten, die hundert verschiedenen Welten sehen
> könnten, die jeder einzelne sieht, die jeder von
> ihnen ist; das aber vermögen wir mit einem Elstir,
> mit einem Vinteuil und allen, die ihresgleichen
> sind, wir fliegen dann wirklich von Stern zu
> Stern.[68]

Ganz in romantischer Tradition ist Prousts Künstler aufgrund seiner besonderen Fähigkeit, im Alltäglichen das
Wunderbare zu entdecken, der Sehende sowie der Ver-
mittler, der mit seinem Zauberwort das in allen Dingen
schlummernde, aber durch die Gewohnheit verstummte
Lied erneut zum Klingen bringt, um es für alle wieder
hörbar zu machen.

Der Erzähler leidet zunächst auch deshalb unter einer
jahrelangen Schreibblockade, weil er um eine neue
Form des Ausdrucks ringt. Denn die althergebrachte Literatur, die sich lediglich damit begnüge, Dinge zu be-
schreiben, sei immer nur eine „Zweitauflage"[69] des Lebens und daher völlig überflüssig. Und obwohl diese Literatur „realistisch" genannt werde, so sei sie doch „am
weitesten von der Realität entfernt"[70], da sie es nicht
vermöge, den unmittelbaren Eindruck, den die Dinge
auf den Betrachtenden machten, auszudrücken. Die Lösung seines Problems findet der Erzähler ebenfalls bei

Elstir. Denn wenn dieser eines an die Stelle eines anderen setzt, um den Betrachter seiner Bilder neu sehen zu lehren, dann bedient er sich eines Gestaltungsmittels der bildenden Kunst, das in der Literatur sein Äquivalent findet. Gemeint ist das sprachliche Bild in der Form der Metapher, der Metonymie, des Vergleiches oder der Synästhesie. Nur das Bild vermag es, dem Betrachter das Wesen (oder die „Essenz"[71]) der Dinge direkt und unmittelbar vor Augen zu stellen.

In seiner Abhandlung „Einführung in die Metaphysik" erläutert Bergson die Methode der intuitiven Erkenntnis und grenzt sie von der analytischen ab. Versuche die Analyse Aufschluss über einen Gegenstand zu gewinnen, indem man sich ihm – ganz in kubistischer Manier – aus unterschiedlichen Perspektiven nähere, so bestehe die Methode der Intuition aus einem einzigen Akt der Synthese. Laut Bergson handelt es sich um eine „Art von intellektueller Einfühlung"[72], mit der man sich direkt in das Objekt der Betrachtung hineinversetzt, um dieses in seiner einzigartigen Beschaffenheit, eben in seinem Wesen bzw. seiner „Essenz", zu erkennen. Die durch die Analyse gewonnene Erkenntnis sei immer relativ, denn die Vervielfältigung der Sichtweisen auf das Objekt ermögliche zwar, das Gesamtbild relativ genau zu rekonstruieren, die Beschreibung der Einzelteile bleibe jedoch immer auf der Ebene der Übersetzung, des Symbolhaften. Die intuitive Erkenntnis hingegen sei absolut, sie ermögliche ein Erfassen des untersuchten Objektes in seiner Totalität. Bergson wählt anschauliche Beispiele, mit denen er seine Darstellung erläutert. So könne man zum Beispiel das Wesen einer Stadt anhand einer Reihe von Bildern, die Ansichten eben dieser

Stadt aus den verschiedenen Blickwinkeln zeigten, analytisch rekonstruieren. All diese Bilder vermittelten jedoch niemals denselben ganzheitlichen Eindruck, den ein Spaziergang durch diesen Ort hinterlasse. Ähnlich verhalte es sich, wenn man in einem Buch über eine bestimmte Figur lese. Der Autor könne noch so viele ihrer Charakterzüge auflisten, es „würde nicht das schlichte und unzerlegbare Gefühl aufwiegen, das [man] empfände, wenn [man] einen Augenblick mit der Persönlichkeit selbst zusammenträfe."[73]

Wo die Sprache immer nur Annäherung bleibt, da spricht das Bild aus sich selbst heraus und offenbart dem Betrachtenden das Wesen der Dinge in einem einzigen Akt intuitiver Erkenntnis: Aus Cézannes Äpfeln spricht ihr ganzes *Apfelsein* und aus Van Goghs ausgetretenen Lederschuhen, so Heidegger, „starrt"[74] die ganze Mühsal eines Arbeiterlebens.

Die Welt der *Recherche* ist eine Welt der sprachlichen Bilder. Da werden die Zuschauerränge der Pariser Oper zur Unterwasserwelt, in der sich die Damen der vornehmsten Gesellschaftskreise – allesamt Wassergöttinnen, Nereiden und Meerjungfrauen – in ihre Grotten (gemeint sind die verdunkelten Logen) zurückziehen; der am Tag lichtdurchflutete Speisesaal des Hotels wird in der abendlichen Beleuchtung zu einem Aquarium, an dessen Fensterglas sich die arbeitende Bevölkerung die Nasen „plattdrück[t]"[75], um die Eleganz der Wasserwesen zu bestaunen. Und wenn Françoise an strahlenden Balbecer Sommermorgen die Vorhänge von den Hotelfenstern nimmt, dann scheint es, als schäle sie eine uralte Mumie (die Sonne) aus ihren Leinenbinden, um sie in ihrem „goldenen Gewande"[76] erstrahlen zu lassen.

Während die Metapher ein um das Wort *wie* verkürzter Vergleich ist, bei dem aufgrund einer Ähnlichkeit ein Gegenstand durch einen anderen ersetzt wird, basiert die Metonymie auf einer räumlichen oder zeitlichen Beziehung zwischen den beiden Vergleichselementen. So erscheint dem jungen Erzähler der Kirchturm von Saint-Hilaire deshalb wie eine „überdimensionale" und von der Sonne „goldbraun gebacken[e]"[77] Brioche, weil er gerade mit seiner Mutter in der Bäckerei war, um die bestellte Sonntagsbrioche abzuholen. Und wenn sich bei einer späten Heimkehr derselbe Turm in den Abendhimmel zu drücken scheint wie in ein Kissen, dann liegt das wahrscheinlich daran, dass das müde Kind ans Schlafengehen denkt. Die Metonymie verdeutlicht die räumliche und zeitliche Nähe der Dinge, auf deren Grundlage die assoziativen Verbindungen geknüpft werden, die auch Bedingung für das Erleben der *mémoire involontaire* sind.

Bei der Synästhesie wiederum handelt es sich um das Aufeinandertreffen zweier oder mehrerer Sinneswahrnehmungen. Sie ist daher besonders geeignet, die assoziative Kopplung verschiedener Sinneseindrücke zum Ausdruck zu bringen. In der *Recherche* sind es vor allem Klänge, die synästhetische Verbindungen mit Farben und Empfindungen eingehen. Der Klang der Kirchglocke nimmt je nach Witterung entweder eine „von Nässe überfließende"[78] oder eine „lichtdurchwobene"[79] Tönung an, während die erste Straßenbahn am frühen Morgen entweder „regennass fröstel[t]"[80] oder sich „federnd wie Pfeile"[81] in azurne Bläue aufmacht. Und wenn Mme Swanns Ruf nach ihrer Tochter Gilberte im

Erzähler den Eindruck erweckt, als flöge der Klang ihres Namens über Jasmin und Levkojen hinweg an ihm vorüber und erfüllte dabei die Luft mit dem Duft und den Farben ihres geheimnisvollen Lebens, dann ist das eine Textpassage, die den von Proust begeisterten Nabokov vielleicht zu *Lolita* inspiriert hat.

Es ist insbesondere der Klang der Wörter, der die Erinnerungen aufzuspeichern scheint. Ein Name, so der Erzähler an einer Stelle, „enthält zwischen den Silben […] Windstöße und […] Sonnenschein"[82].

Wenn der Lärm der den Kirchturm umkreisenden Vögel das „Schweigen"[83] desselben zu steigern scheint, dann bedient sich Proust einer literarischen Technik, die in der japanischen Dichtkunst verbreitet ist.[84] Die Stille wird durch den Lärm der Vögel hervorgehoben, während dieser erst vor dem Hintergrund der Stille Resonanz bekommt. Lärm und Stille bedingen sich hier gegenseitig, heben einander auf, werden tatsächlich zu einer *Einheit*, und es entsteht ein Augenblick, in dem die Zeit still zu stehen scheint und sich das Sein offenbart. Dies wird ebenfalls deutlich, wenn Proust an anderer Stelle beschreibt, wie der Ruf eines Vogels den Eindruck erweckt, als hielte die ihm folgende Stille „für immer den Augenblick fest"[85].

So wie der japanische Tuschemaler im Fluss *einer* Bewegung und so wie der Haikudichter in dem *einen* Atemzug, in dem die 17 Silben des Haiku gesprochen werden, das Wesen einer Landschaft, einer Blüte oder eines Vogels heraufbeschwören, so ruft auch Prousts Dichter mithilfe des sprachlichen Bildes die „Essenz" der Dinge hervor, die der Leser in *einem* Akt der blitzartigen Intuition erfasst und von der er gleichermaßen ergriffen wird. *Punctum* nennt Roland Barthes im Zusammenhang mit der Fotografie dasjenige Element in der Kunst, das den Leser plötzlich „aufsucht", „trifft" und wie ein Pfeil „besticht"[86].

Seit dem ausgehenden 18. Jahrhundert verbreitete sich buddhistisches Denken vermehrt in der westlichen Welt, was auch auf den Einfluss Schopenhauers zurückzuführen ist, der seine eigenen Lehren im Buddhismus bestätigt sieht und der die Lektüre der Upanischaden, der Veden des Hinduismus, zur geistigen Erbauung las. Diese diente ihm überdies als Inspirationsquelle für die Namensgebung seiner Pudel, die er sich einen nach dem anderen – das verstorbene Exemplar jeweils ersetzend – zulegte und die auf seinen Spaziergängen niemals fehlen durften. Denn er nannte sie immer wieder *Atman*, ein Wort aus dem Sanskrit, das so viel bedeutet wie *Weltseele*.

Die im Paris des 19. Jahrhunderts lebenden Impressionisten ließen sich nicht zuletzt auch von japanischen Farbholzschnitten inspirieren, die infolge der politischen Öffnung Japans als Verpackungsmaterial für Tee und andere Güter verwendet wurden und auf diese Weise nach Europa gelangten. Denn in den Alltagsmotiven und in der flächigen, skizzenhaften Formgebung sowie der intensiven Farbgestaltung dieser *ukiyo-e* (was so viel bedeutet wie „Bilder der heiteren, fließenden Welt") fanden sie die geeigneten gestalterischen Mittel, nach denen sie in ihrem Ringen um gesteigerte Ausdruckskraft suchten. Dieser sogenannte *Japonismus*, der Einfluss japanischer Kunst und Kultur auf die westliche (und besonders auf die französische) Kunst im 19. Jahrhundert, fand schließlich anlässlich der Pariser Weltausstellung von 1878, die eine Reihe japanischer Kunstwerke zeigte und bei Kunstliebhabern zu einer regelrechten Sammelwut führte, einmal mehr seine Verbreitung.

Je komplexer die Welt wird, umso weniger lassen sich die Zusammenhänge erkennen und umso mehr besinnt man sich auf den Ausschnitt, auf das Detail. Und man ist überrascht, welche ungeahnten Schönheiten sich den alltäglichsten Dingen in der Nahsicht abringen lassen. So wie sich in der impressionistischen Malerei der Blick von einem gedeckten Mittagstisch (Monet, *Das Mittagessen*) über einen Bund Spargel (Manet, *Das Spargelbund*) immer näher an die Dinge heranzoomt, um endlich bei einer einzelnen Spargelstange (Manet, *Spargelstange*) zum Erliegen zu kommen, so wird auch in der *Recherche* das Leben unter die Zeitlupe der Narration genommen, wenn in seitenlangen Beschreibungen der Blick des Erzählers in das Innerste einer Weißdornblüte vorzudringen vermag oder sich in der Stickerei des Innenfutters einer Jacke verliert. Da werden 4000 Seiten erzählte Ereignislosigkeit zum Ereignis.

Manets *Spargelbund* fand übrigens auch Eingang in die *Recherche*. Während eines Dinners (bei dem Spargel mit Sauce Mousseline serviert wird) echauffiert sich Monsieur de Guermantes über ein Gemälde, das ein einziges Spargelbund darstellt und das im fiktionalen Werk Elstir zugeschrieben wird:

Swann hatte tatsächlich die Stirn, uns zum Kauf des *Spargelbunds* zu raten. Wir haben das Bild daraufhin sogar ein paar Tage im Hause gehabt. Es war nichts weiter als das darauf, ein Bund Spargel, genau wie der, den wir gerade schlucken, die Spargel von Herrn Elstir aber habe ich nicht geschluckt. Er verlangte dreihundert Francs dafür. Dreihundert Francs für ein Bund Spargel! Einen Louisd'or höchstens sind sie wert […].[87]

Tatsächlich hat Charles Ephrussi, ein Kunstsammler und Mäzen, der auch für die literarische Figur Charles Swann Modell gestanden hat, Manets Bild 1880 gekauft und dem Künstler dafür allerdings 1000 statt der verlangten 800 Francs überwiesen. Als Dank schickte ihm Manet sein Stillleben, das nur die eine Spargelstange zeigt, und fügte die Notiz hinzu: „Diese eine Stange ist wohl aus dem Bund gefallen."[88]

  Spargel findet sich zudem in Françoises Küche wieder, wo er ganz in Manets Manier in „Abstufungen von irisierenden Farben"[89] auf dem Küchentisch liegt. Und schließlich wird der Spargel einem armen Küchenmädchen zum Verhängnis, wenn die ihrer Herrschaft gegenüber zwar treu ergebene, dem übrigen Küchenpersonal gegenüber jedoch mit umso unerbittlicherer Strenge waltende Françoise veranlasst, dass den ganzen Sommer über fast täglich Spargel serviert wird, nur weil das mit dem Schälen beauftragte Mädchen (das nämlich schwanger ist) davon Asthmaanfälle bekommt und ihre Stelle im Hause aufgeben muss.

  Manets *Spargelbund* wiederum verweist auf ein sehr ähnliches Gemälde des Niederländers Adriaen Coorte, Maler barocker Stillleben und Vanitasgemälde. Das Stillleben, angehaltener Moment im flüchtigen Treiben des geschäftigen Lebens und Ausdruck der Freude am Diesseits, entfaltet seine Blüte in den wirtschaftlich aufblühenden Niederlanden des 17. Jahrhunderts. Die Kunst der genauen Betrachtung scheint eine Spezialität der Niederländer zu sein, ein Volk, aus dem auch die Erfinder des Mikroskops hervorgegangen sind.

Wenn sich der Blick des Erzählers in das Innenfutter von Odettes Jacke verliert, dann geschieht dies nicht nur, um ungeahnte Schönheiten aufzuzeigen, sondern auch, um zu verdeutlichen, dass das Detail sprechend ist, dass die Dinge mehr über die Menschen auszusagen vermögen als jeder Erzählerkommentar dies könnte, denn schließlich sei auf das, was die Menschen im Allgemeinen von sich gäben, wenig Verlass, weshalb es Swann zufolge am besten sei, immer „das Gegenteil von dem anzunehmen […], was die Welt einer Person nachsagt, um sie richtig zu beurteilen"[90]. In der kunstvollen Ausarbeitung des Innenfutters, das, weil es gewöhnlich niemand sieht, also für niemand anders als seine Trägerin bestimmt und deshalb ein Ausdruck des Überflusses bzw. des Luxus ist, offenbart sich der Wert, den Odette sich selbst zukommen lässt, und kündet von ihrem ganzen Stolz, der auch die Ursache dafür ist, dass ihr die Männer zu Füßen liegen.

So wie Rembrandt mit dem ihm spezifischen Licht alles von innen heraus durchglüht und beseelt, so lässt Proust in gleicher Weise die Dinge aus sich heraus sprechen. Statt seine Leser zu bevormunden, begegnet er ihnen auf Augenhöhe, was buchstäblich dann deutlich wird, wenn der junge Erzähler das Zimmer betritt, in dem sein Onkel Damen von zweifelhaftem Ruf empfängt. Denn in diesem Moment fällt der Blick Marcels (und mit ihm der des Lesers) zunächst nicht auf die dort anwesende Dame (deren Bekanntschaft er doch so gerne machen möchte), sondern auf einen Teller mit Marzipanspezialitäten. Eine solche Darstellung ist nur realistisch. Sinneseindrücke strömen besonders in Momenten der Anspannung unsortiert auf uns ein, weshalb zunächst nur unwesentliche Details wahrgenommen werden. Auch ist der Junge zu schüchtern, die Dame direkt anzublicken, weshalb er den Blick nach unten senkt.

Der Leser, so Proust, ist am Ende immer nur „ein Leser […] seiner selbst."[91] Das literarische Werk sei deshalb lediglich „eine Art von optischem Instrument, das der Autor dem Leser reiche, damit er erkennen möge, was er in sich selbst vielleicht sonst nicht hätte erschauen können."[92]

„Es mag in London seit Jahrhunderten Nebel gegeben haben. […] Aber niemand sah sie, und so wissen wir gar nichts von ihnen. Sie hatten kein Sein, bis die Kunst sie erfunden hatte"[93], so Oscar Wildes Figur Vivian in „Der Verfall des Lügens – eine Feststellung". Kunst verändert unsere Sicht auf die Welt. Wer Turners Bilder gesehen hat, der wird Nebel auf eine ganz neue Weise wahrnehmen, wer Bilder Edward Hoppers gesehen hat, bei dem werden ein lichtdurchfluteter Raum oder ein von der Sonne beschienenes Gebäude auf tiefere Resonanz stoßen, wer Filme eines Andrei Tarkowski gesehen hat, der wird in einem tropfenden Wasserhahn immer etwas Geheimnisvolles entdecken. Wer Proust liest, der wird einerseits das eigene Erleben in der *Recherche* wiederfinden, der wird andererseits aber auch sensibilisiert für die Verschrobenheiten der Menschen und für so manche Ironie des Schicksals. Und der wird ganz besonders empfänglich für die so oft übersehenen Schönheiten des Alltags. So wird er erkennen, dass das Meer mitunter die Farbe von Bier annimmt und ein roter Streifen am Himmel manchmal „so fest und gradlinig [dasteht] wie ein Stück Fleischgelee"[94].

Dass die Welt nicht nur in der Kunst wiederzufinden ist, sondern dass vor allem auch für das geschulte Auge die Welt zum Kunstwerk wird, zeigt sich in der *Recherche* in besonderem Maße in der Passage, in der sich der Erzähler auf seinem Bett im Balbecer Hotel ausstreckt und sich dabei inmitten einer Fülle von „Meeresbildern"[95] wiederfindet. Denn das Meer ist nicht nur durch die Fenster, sondern auch in der spiegelnden Glasverkleidung der Wandregale sichtbar. So scheint es ihm, als befände er sich in einer Galerie japanischer Holzschnitte, auf denen er auch die kleine „wie aufgeklebt wirkend[e]"[96] rote Sonne entdeckt, die derjenigen in Monets *Le soleil levant* so ähnlich ist.

„Willst du dich des Lebens freuen, so musst der Welt du Wert verleihen", was so kitschig daherkommt wie ein Poesiealbumspruch, richtet sich an den depressiven Schopenhauer und stammt von Goethe. Der Wert liegt nicht in den Dingen, sondern wird ihnen von uns und durch unsere Sichtweise auf die Dinge beigemessen. So kann ein Rubensgemälde dieselbe Faszination ausüben, wie die Schnürschuhe und der Regenmantel seines Besitzers, vorausgesetzt er hat eine so bezaubernde Tochter, wie Gilberte es ist. Den Wert der Dinge schaffen wir nur aus uns selbst heraus – und das gilt nicht zuletzt auch für den Sinn.

Sinn, Kreativität und Imagination – über das Schaffen von Zusammenhängen

Das Leben wird nach vorne gelebt und rückwärts verstanden. So Kierkegaard in seinem Tagebuch.[97] Erst am Ende seines Lebens erkennt der Erzähler dessen Gewebe. Und natürlich ist es Combray, der Ort der Kindheit, an dem die „beschränkte Zahl von Fäden"[98], die die vielfältigen Muster bilden, gesponnen wurden. Hier wurde nicht nur der Grundstein für Marcels künstlerisches Schaffen gelegt, auch sind alle Personen, die das Leben des Erzählers in seinen verschiedenen Stadien immer wieder durchkreuzen, auf die eine oder andere Weise mit Combray verbunden. Was im gelebten Augenblick aufgrund des fehlenden Überblicks (schließlich steckt man ja immer mitten drin) vereinzelt und zufällig erscheint, entfaltet sich am Ende – einem kunstvoll gewebten Teppich, einem Gemälde, einem Musikstück oder eben auch einem Roman gleich – zu einem zusammenhängenden und strukturierten Ganzen.

Wenn sich der Erzähler am Ende an die Arbeit machen kann, weil er die Gesamtheit seines Lebens nun überblickt, dann wird er zum Autor seiner Lebensgeschichte im doppelten Sinne. Denn er ist sowohl der Autor seines autobiographisch gefärbten Romans als auch der Autor seines Lebens bzw. seiner Identität, so wie wir alle die Autoren unserer Identität sind: Wir konstruieren unsere subjektive Wahrheit nicht nur im gegenwärtigen Moment, sondern legen uns auch die Wahrheit unserer Vergangenheit zurecht. Wir kreieren alle unsere ganz eigenen Lebenswahrheiten (bzw. Lebenslügen), indem wir unsere Erinnerungen selektieren und korrigieren und ihnen dann eine Kontinuität, das Narrativ unserer Identität, verleihen. Deshalb kommt es zuweilen auch vor, dass sich zwei Menschen auf ganz unterschiedliche Weise an eine gemeinsame Vergangenheit erinnern, denn eine Person hat „vielleicht wenig auf eine Tatsache geachtet, unter der die andere immer in ihrem Gewissen leiden wird, aber umgekehrt als sympathisches […] Zeichen im Fluge eine Bemerkung erhascht, die die andere gemacht hat, ohne daran zu denken."[99]

Wenn im Moment der *mémoire involontaire* das vergangene Ich in die Gegenwart wiedergeholt wird, wobei es mit dem gegenwärtigen Ich zu einer Einheit verschmilzt, dann ist dies auch ein Moment der Selbsterkenntnis, eine Versicherung der eigenen Identität. Denn in diesem Moment erkennt der Erzähler, dass er trotz des kontinuierlichen Wandels, den er im Laufe der Jahre durchlaufen hat, immer noch eine *zusammenhängende* Person ist. Er erkennt sich in seiner ununterbrochenen Kontinuität bzw. seiner *Dauer*.

Am Anfang des 20. Jahrhunderts setzte Bergson den Begriff der *Dauer* (*la durée*) dem der Zeit entgegen. Dem französischen Philosophen zufolge ist unsere Auffassung von Zeit als räumlich repräsentierbare Strecke, die in zählbare Einheiten von Sekunden, Minuten und

Stunden unterteilt werden kann, nicht mit unserem inneren Zeiterleben vereinbar, das eher fließend ist und bei dem sich alle Augenblicke zu einem einzigen, unteilbaren Zeitstrom (eben der *Dauer*) vermischen.

Die künstliche Taktung der Zeit, unter deren Diktat wir alle leben, geht auf die Mönche des Mittelalters zurück, die erstmalig die Zeit zwischen Sonnenauf- und Untergang einer 24-Stunden Taktung unterwarfen und die an den Kirchtürmen die ersten mechanischen Uhren anbrachten, um den Lebens- und Arbeitsrhythmus der Menschen zu bestimmen. Und in dem Moment, in dem die zuvor vom Rhythmus der Natur bestimmte Zeit von einer mechanischen abgelöst wurde, da wurde Zeit zu Geld, wie es Benjamin Franklin im 18. Jahrhundert formulierte, und damit zu einem knappen Gut. Das war die Geburtsstunde des Kapitalismus.

Paradoxerweise ist es gerade die lineare und eigentlich unbegrenzte Zeit der Moderne, die suggeriert, sie könnte knapp werden und davonrennen, während das Gefühl der Zeitknappheit in dem geschlossenen und deshalb stabilen System der Antike, das auf einem vom Rhythmus der Natur bestimmten zyklischen Zeitverständnis beruht, nicht aufkommt. Im Gegensatz zur Moderne fühlt sich der antike Mensch als Teil eines zusammenhängenden Ganzen, was ihm nicht nur Geborgenheit gibt, sondern auch ermöglicht, das Dasein als sinnstiftend zu erleben.[100]

Was nach vorne gesehen unzusammenhängend, chaotisch und zufällig erscheint, macht oft erst in der Retrospektive Sinn. Am Schluss der *Recherche* erkennt der

Erzähler, dass sein Leben aus einer Verkettung von Ereignissen besteht, die ihn zu dem gemacht haben, der er am Ende ist: der gereifte Künstler. So erweisen sich die vermeintlichen Widrigkeiten des Lebens im Nachhinein nicht selten als glückliche Fügung: Nur widerwillig lässt sich Marcel zu einem Besuch bei Elstir überreden; hätte er ihn nicht besucht, dann hätte er Albertine nicht kennen gelernt. Noch weniger steht ihm der Sinn danach, die Nachmittage jenes Sommers, in dem er sich die lang ersehnte Italienreise vermasselt, in den Champs-Élysées zu verbringen. Wäre er nicht gegangen, hätte er Gilberte nicht getroffen. Vor allem wollte er nicht Swanns abendliche Besuche im elterlichen Haus, sah er in ihnen doch eine Gefahr für den Gutenachtkuss der Mutter. Dabei ist es ausgerechnet Swann, der ihm später von Balbec, seiner gotischen Kathedrale und von italienischen Freskenmalereien erzählt, was Marcels Interesse an der Kunst entfacht und ferner in ihm den Wunsch entstehen lässt, nach Balbec zu reisen.

Was im Nachhinein als glückliche Fügung des Schicksals interpretiert wird, ist eigentlich purer Zufall. Die Welt der Moderne ist nicht mehr die beste aller, sondern nur eine der vielen möglichen Welten. Es könnte alles auch immer ganz anders sein. Und wo Zufall und Beliebigkeit herrschen, da fehlen Notwendigkeit und Sinn. Indem der Erzähler jedoch Zusammenhänge herstellt, generiert er Sinn. Den Zufall zur Notwendigkeit machen, das war auch für Nietzche das geeignete Mittel, um der Kontingenzerfahrung der Moderne entgegenzuwirken. Sinn ist nicht von vornherein gegeben, liegt nicht in den Dingen, sondern muss von jedem selbst geschaffen werden. Sinngebung ist somit ein schöpferischer Akt.

Am Ende seines Lebens macht für den Erzähler alles, was er erlebt und erlitten hat, Sinn, weil es ihn zu dem Dichter gemacht hat, der er am Ende ist. Alles hätte ebenso gut ganz anders verlaufen können. Dann wäre sein Buch ein anderes geworden. Aber deshalb nicht unbedingt schlechter. Wenn wir das Gegebene akzeptieren und Ja sagen zum Augenblick, so Nietzsche mit seiner Maxime des *Amor fati*, der Liebe zum Schicksal, dann macht alles vorher Geschehene – bis hin zum Urknall – Sinn:

> Gesetzt, wir sagen Ja zu einem einzigen Augenblick, so haben wir damit nicht nur zu uns selbst, sondern zu allem Dasein Ja gesagt. Denn es steht nichts für sich, weder in uns selbst noch in den Dingen: und wenn nur ein einziges Mal unsre Seele wie eine Saite vor Glück gezittert und getönt hat, so waren alle Ewigkeiten nötig, um dies Eine Geschehen zu bedingen – und alle Ewigkeit war in diesem einzigen Augenblick unseres Jasagens gutgeheißen, erlöst, gerechtfertigt und bejaht.[101]

So sind auch all die Jahre, die der Erzähler damit verbracht hat, seine Arbeit aufzuschieben, an oberflächlichen Konversationen teilzunehmen oder sich in Liebesleiden zu ergehen, im Grunde keine vergeudeten bzw. verlorenen Jahre, denn sie bilden am Ende den Fundus, aus dem er für seine Arbeit schöpfen kann: Ohne sich dessen recht bewusst zu sein, hat er die ganze Zeit über, ein mentales „Skizzenbuch"[102] geführt, in das er seine Erfahrungen ‚notiert' hat. So schmerzlich diese auch gewesen sein mögen, am Ende waren sie die Voraussetzung für seine Entwicklung. Ohne die verletzende Erfahrung ist das Entstehen von etwas Neuem nicht möglich. Wer sich entwickeln will, für den gibt es keine Abkürzung, dem kann niemand das Leiden ersparen, das weiß auch Elstir:

> Ich weiß, dass manche jungen Leute, Söhne und Enkel hervorragender Männer, durch ihre Erzieher vom ersten Schultage an zum Adel des Geistes und zu moralischer Haltung angehalten werden. Sie haben vielleicht im Leben später nichts zu bereuen, sie könnten alles, was sie gesagt und getan, nachträglich unterschreiben, doch werden sie arm an Geist sein, kraftlose Ableger von Doktrinären, deren Weisheit negativ und unfruchtbar bleibt. Man kann die Weisheit nicht fertig übernehmen, man muß sie selbst entdecken auf einem Weg, den keiner für uns gehen und niemand uns ersparen kann, denn sie besteht in einer bestimmten Sicht der Dinge.[103]

Und manchmal ist es eben auch das *Punctum* der Kunst, dieser kleine verletzende „Stich"[104], der zu neuer Erkenntnis verhilft und damit Entwicklung ermöglicht.

Aus Fehlern lernen. Nach vorne leben, statt mit der Vergangenheit zu hadern. Für Kierkegaard stellen Wiederholung und Erinnerung dieselbe Bewegung dar, die nur in „entgegengesetzt[e] Richtung"[105] verlaufen:

Während die Erinnerung eine rückwärts gerichtete Wiederholung darstelle, so sei die „eigentliche Wiederholung" eine nach vorne gewandte Erinnerung. Schließlich mache nur diese glücklich, weil sie zum Handeln bewege, während die bloße Erinnerung (die vielleicht reine Melancholie ist) zu gar nichts führe.

Auf den letzten Seiten der *Recherche* zollt Marcel seiner treuen Dienerin Françoise einen hohen Tribut, denn er erhebt sie zur Schutzpatronin seiner Kunst, da nur sie das rechte Gespür und Verständnis für seine Kunst habe und ihre Arbeit mit der seinen ganz vergleichbar sei. So wie er selbst seine Zettel aneinanderheftet, um sie zu einem Buch zusammenzufügen, und so wie er selbst einige seiner „zahllosen Eindrücke"[106] auswählt, um sie in seinem Roman Eingang finden zu lassen, genauso setze auch Françoise alte Flicken zusammen, um ein abgetragenes Kleid auszubessern, oder wähle sorgsam feine Stückchen Fleisch aus, um ihr allseits gerühmtes *Bœuf a la gelée* zuzubereiten. Die schöpferische Françoise ist ebenso wie der Erzähler eine Herstellerin von Zusammenhängen und somit eine ihm ebenbürtige Künstlerin. Denn Kunst besteht im Proustschen Verständnis im Schaffen von Zusammenhängen, im Zusammensetzen vereinzelter Teile zu einem sinnhaften Ganzen. Und wenn es Françoise gelingt, mittels ihrer Kochkünste die Familienmitglieder und deren Gäste am Tisch zusammenzubringen, so ist sie, der „Küchen-Michelangelo"[107], der Prototyp des Eventkünstlers, der mit seinen Happenings etwas Bleibendes schafft. Denn im Gegensatz zur Realität besitzt das Kunstwerk Ganzheit und Dauer, da es nur im Bewusstsein und somit außerhalb von Zeit und Raum existiert. Dies verdeutlicht auch Sartre, wenn er in *Das Imaginäre* beschreibt, dass „ein Übergang vom Imaginären zum Realen"[108] keinesfalls stattgefunden habe. Real seien lediglich die einzelnen Pinselstriche, die Leinwand oder der Firnis, nicht das Kunstwerk als Ganzes. Der Künstler habe mithilfe der Farben und des Pinsels nur ein „materielles Analogon konstruiert"[109], das es dem Betrachter dann ermögliche, die Idee des Künstlers zu erfassen. Die Vorstellung, so Sartres Fazit, bleibe stets Vorstellung. Es ist letztendlich das Bewusstsein, das die unverbundenen und vereinzelten Teile – seien es die Töne eines Musikstücks oder die Pinselstriche eines Gemäldes – zu einem Ganzen zusammenfügt.

Die kindliche Welt von Combray ist vor allem deshalb so magisch, weil sie als eine Welt, die vor jeder Erfahrung liegt, eine Welt der Abwesenheit ist. Das Abwesende lässt Raum für die Fantasie. So sind auch die Orte entlang der Strecke des legendär gewordenen „Einuhrzweiundzwanzig-Zuges" lediglich fantastische Klanggebilde, die den jungen Erzähler verheißungsvoll locken, so dass, wäre es ihm gestattet, einen dieser Orte aufzusuchen, er sich nicht entscheiden könnte zwischen

> [...] Bayeux, der hochgebauten Stadt mit rötlich flammender Zinne, deren Spitze im altgoldnen Schein seiner zweiten Silbe erstrahlt, Vitré, dessen accent aigu die alten Glasmalereien mit einem Rautenwerk aus schwärzlichem Holz zu versteifen scheint, das weiche Lamballe, dessen weißlicher Ton von Eierschalengelb zu Perlgrau

übergeht […] [oder] Coutances, normannische Kathedrale, die die golden sich rundende Fülle ihres Wortausklangs wie einen Traum aus Butter trägt […].[110]

Ebenso übt auch der die Kirche schmückende Wandteppich besonders deshalb eine so große Faszination auf das Kind aus, weil seine Farben schon ganz verblasst sind; und die Kunstpostkarten, die ihm die Großmutter schenkt, sind deshalb so stark in ihrer Wirkung, weil sie viel ungenauer sind als Fotografien (die auch seine Großmutter aufgrund der mechanischen Reproduktion als zu wenig wertvoll erachtet, denn sie verschenkt immer nur Dinge mit ästhetischem oder pädagogischem Mehrwert, selbst wenn es sich dabei um antike Möbel handelt, die auseinanderfallen, sobald man sie benutzt). Ferner wird der Reiz der von der Mutter vorgelesenen Geschichten dadurch erhöht, dass sie bestimmte Textstellen auslässt, die sie für das Kind als ungeeignet empfindet (unabhängig davon hört der junge Marcel der Vorlesenden nach einer Weile sowieso nicht mehr zu, da er seinen ganz eigenen Träumereien nachhängt). Durch eine Fotografie, so der Erzähler an späterer Stelle, fühle man sich an eine Person „weniger erinnert […], als wenn man nur an sie denkt."[111] Die reale Fotografie schwächt die Erinnerung, weil ihre Starrheit die ursprüngliche Lebendigkeit eines Eindrucks überlagert. Das Abwesende hingegen ist offen, beweglich und lebendig. „Der unbearbeitete Klotz ist weiser als der bearbeitete", so lautet ein Sprichwort aus dem Taoismus. *Perfection kills*.

Das Imaginäre verleiht den Dingen die Ganzheit und

die Dauer, die sie in der Realität nicht haben. Darin liegt der ganze Trost der Kunst. Doch wenn die Kunst die Kraft besitzt, uns geistig zu entrücken, so lässt uns das Ende eines ästhetischen Genusses umso herber auf dem Boden der Realität aufprallen und „den großen Ekel"[112] empfinden. Es ist eben dieses Gefühl, von dem Sartre in seinem wohl bekanntesten Roman *Der Ekel* spricht, in dem der Protagonist angesichts einer Baumwurzel einen plötzlichen Schwindel erleidet, da sie ihm – so ganz aus ihrem Kontext gerissen – plötzlich ihr nacktes Sein offenbart.

Im Laufe seines Heranwachsens fällt die imaginierte Welt des Erzählers nach und nach in sich zusammen. So etwa, wenn er erfährt, dass die Namen der Städte entlang des „Einuhrzweiundzwanzig-Zuges" nicht fantastischen Gebilden Rechnung tragen, sondern auf bloße Etymologien zurückzuführen sind.[113] Oder wenn er enttäuscht feststellen muss, dass er die reale Herzogin von Guermantes mit ihrem roten Gesicht, den runden Wangen und dem Pickel auf der Nase nicht mit derjenigen seiner Einbildungskraft in Einklang bringen kann, die er sich immer wie die heilige Genoveva von Brabant vorgestellt, deren Legende ihm von den Bildern seiner Laterna magica vertraut ist.

Die Kunst kann, wenn auch nur für einen kurzen Augenblick, der Welt den verlorenen Zauber wiedergeben. Dabei ist die Musik, die ganz „sine materia"[114] ist, und überhaupt nur im Moment des Spielens, also als reines Analogon existiert[115], für Proust, genauso wie für Schopenhauer vor ihm, die höchste der Kunstformen. Denn sie beginne dort, wo das Endliche aufhöre.[116] Über das

Wichtige, so soll auch Wittgenstein einmal gesagt haben, könne nur die Musik sprechen.

Halten sich in der *Recherche* Bezüge zur Musik und zur Malerei die Waage, so zeigt eine Betrachtung sämtlicher Schriften Prousts, dass er sich nicht nur häufiger, sondern auch fundierter mit der Musik auseinandersetzte. Offenbar spielte die Musik auch in Prousts Familie eine größere Rolle als die bildende Kunst. Denn es gab im Hause der Familie keinerlei Kunstobjekte, und es war auch nicht üblich, Museen zu besuchen. Die Tradition des Klavierspielens wurde dagegen gepflegt: Proust selbst spielte dies Instrument genauso wie seine Mutter und seine Großmutter. Und eine Großtante von ihm war Schülerin Chopins.[117]

Bezeichnenderweise legte der Künstler Proust wenig Wert auf alles Materielle. Er häufte keine Besitztümer an und missachtete alle Formen von Sammlungen. Bücher lieh er aus, oder er verschenkte sie weiter; in seinem Schlaf- und Arbeitszimmer (bekanntlich arbeitete Proust krankheitsbedingt in den letzten Jahren seines Lebens nachts und im Bett liegend an der *Recherche*) hingen keine Bilder, die ihn von der Arbeit ablenken konnten. Überdies hielt er Menschen, die Tagebuch schreiben, um Dinge festzuhalten, für Spinner. Schließlich bedeutete ihm wohl auch Geld nicht viel, denn er konnte mit ihm nicht umgehen. Er gab exzessive Trinkgelder, machte üppige Geschenke, liebte Glücksspiele und Börsenspekulationen. Die chronische Unfähigkeit, Buch zu führen, machte die Sache nicht besser und so verbrauchte er schon bald das beträchtliche Erbe, das ihm seine Mutter nach ihrem Tod hinterlassen hatte.

Auf diese Weise verschuldete er sich hoffnungslos. Überhaupt scheinen dem Schriftsteller, dem alles Prosaische fernliegt und der das ungeliebte Jurastudium abbricht, Zahlen und der Umgang mit diesen verhasst zu sein.

Françoise ist nicht die einzige Figur, die der Erzähler aufgrund ihrer schöpferischen Fähigkeiten mit den herkömmlichen Künstlerfiguren (etwa dem Maler Elstir; dem Komponisten Vinteuil; dem Schriftsteller Bergotte) auf eine Stufe stellt. Die Fähigkeit, dem Banalen einen Wert zu verleihen, schreibt er auch einer weiteren weiblichen Figur der *Recherche* zu, und zwar Odette. Denn sie, die die Rolle der Kokotte einnimmt und deshalb von der Allgemeinheit von vornherein abschätzig betrachtet wird, besitzt bei genauem Hinsehen die Fähigkeit, das immer ein wenig „plump gebliebene Leben der Männer"[118] mit ein wenig Charme zu versehen:

> Späterhin habe ich den Eindruck gewonnen, als sei es eine der rührenden Seiten der Rolle, die diese müßigen und doch so emsig bemühten Frauen spielen, daß sie ihre Großherzigkeit […] ganz darauf verwenden, in das raue, immer etwas plump gebliebene Leben der Männer etwas wie kostbare Edelsteine einzulassen. So wie sie [Odette] in ein Rauchzimmer, in dem mein Onkel sie in seiner Hausjoppe empfing, ihren anmutigen Körper, ihr Kleid aus rosa Seide, ihre Perlen, den Nimbus von Eleganz […] hineintrug, so hatte sie auch eine belanglose Bemerkung meines Vaters mit zarten Gefühlen durchsetzt, ihr eine elegante

Form und Bedeutung gegeben, und nachdem sie einen ihrer Blicke schönsten Wassers, in dem sich Demut und Dankbarkeit spiegelten, wie ein Juwel in sie eingefügt hatte, reichte sie sie ihm als einen künstlerisch ausgestatteten Wertgegenstand zurück, als etwas, was nun wirklich *charmant* geworden war.[119]

Zeigt sich Proust einerseits fortschrittlich, indem er den alltäglichen Künsten den gleichen Stellenwert zukommen lässt wie den schönen, so bedient er sich andererseits überkommener Gendersteotype. Nicht nur sind die Künstlerfiguren überwiegend männlich (was sicherlich auf die gesellschaftsbedingten Geschlechterverhältnisse der Zeit zurückzuführen ist), auch siedelt Proust in traditioneller Weise die Ursprünge der Kunst im Weiblichen an (die Muse ist schließlich weiblich). Denn es sind vor allem die beiden Mutterfiguren der *Recherche*, die Mutter und die Großmutter des Erzählers, die ihn seit früher Kindheit mit Bildern und Literatur in Berührung kommen lassen und somit seine Fantasie anregen.

Man kann „der Wirklichkeit [niemals] den Zauber abgewinnen, den die Phantasie uns gewährt."[120] Ein bisschen Schwund ist immer. Dennoch, in dieser imperfekten Welt, in der wir immer wieder scheitern, gibt es Wege, besser zu scheitern.

Besser scheitern

In einer Welt, in der nichts notwendig und deshalb alles möglich ist, besteht die Gefahr, sich im Dahintreiben zu verlieren. Swann ist einer jener ziellosen Müßiggänger und Dandys, die die Literatur des frühen 20. Jahrhunderts so zahlreich bevölkern und deren Vorbild vielleicht Oblomow war, der phlegmatische, den ganzen Tag auf dem Sofa herumlungernde Held aus Iwan Gontscharows gleichnamigen Roman. Swann ist der Flaneur, der zwar einerseits die Welt durch die Augen des Künstlers betrachtet (in Odette entdeckt er Botticellis Sephora, im schwangeren Küchenmädchen die Caritas von Giotto), der aber andererseits im „Stadium, das vor der Kunst liegt"[121], stecken geblieben ist, weil er nichts Eigenes hervorbringt. Swann ist der Indifferente, der aufgehört hat, an die Realität großer Gedanken zu glauben (ohne diese jedoch konsequent zu leugnen), und er ist der Passive, der tatsächlich immer-so-weiter lebt (ohne sich dies allerdings ausdrücklich zu sagen). So hat er auch nach der Entzweiung mit Odette zwar die Kraft, in Paris zu bleiben, kann aber nicht die Energie aufbringen, selbst zu gehen. Swann, dem es gelingt, „über seine Person gar nichts auszusagen", weil er „niemals mit innerer Anteilnahme eine Meinung über die Dinge"[122] ausspricht und bedeutende Angelegenheiten lieber so betont, „als setze er [sie] in Anführungsstriche", um sie „nicht auf eigene Rechnung übernehmen"[123] zu müssen, ist der Mann ohne Eigenschaften; er ist der gesellschaftliche Verweigerer vom Schlage eines Melvilleschen Bartleby, der sich jeglicher Rollenzuschreibung entzieht und sich nicht in Schubladen einsortieren lässt. Am Ende ist er allerdings in jeder Hinsicht ein Gescheiterter. Nicht nur misslingt es ihm, seine Vermeer Studie zu beenden (da er genauso wie der Erzähler die Arbeit an dieser kontinuierlich aufschiebt), auch hat er Jahre damit vergeudet, einer Frau hinterherzulaufen, die eigentlich gar nicht sein „Genre"[124] war.

Auch Bergotte ist ein Gescheiterter. Am Ende seines Lebens macht sich der Schriftsteller trotz schwerer Krankheit zu einer Ausstellung auf, um noch einmal einen Blick auf Vermeers *Ansicht von Delft* zu werfen. Als er das Gemälde betrachtet, nimmt er, der eigentlich davon ausgegangen ist, das Bild sehr gut zu kennen, zum ersten Mal ein kleines gelbes Mauerstückchen von vollendeter Schönheit wahr, worauf er von einem plötzlich einsetzenden heftigen Schwindelgefühl ergriffen wird, so dass er vor dem Gemälde zusammenbricht:

> „So hätte ich schreiben sollen", sagte er sich. „Meine letzten Bücher sind zu trocken, ich hätte mehr Farbe daran wenden, meine Sprache in sich selbst so kostbar machen sollen, wie diese kleine gelbe Mauerecke es ist." [...] Er sprach mehrmals vor sich hin: „Kleine gelbe Mauerecke unter einem Dachvorsprung, kleine gelbe Mauerecke." Im gleichen Augenblick sank er auf ein Rundsofa nieder [...].[125]

Im Moment seines Todes erkennt der Schriftsteller, wie er eigentlich hätte schreiben sollen.

Diese Episode geht übrigens auf ein tatsächliches Erlebnis Prousts zurück, der 1921 eine Ausstellung holländischer Gemälde besichtigt, die am 21. April desselben Jahres im Pariser Jeu de Paume eröffnet wurde. Unter den Ausstellungsstücken befand sich eben auch Vermeers *Ansicht von Delft*, das Proust schon im Jahre 1902 in Den Haag gesehen hatte und von dem er behauptete, es sei das schönste aller Gemälde. Der zu dieser Zeit stark vom Asthma gezeichnete und totkranke Proust kann sich nach anfänglichem Zögern dazu entschließen, die Ausstellung zu besichtigen, doch er erleidet auf der Treppe des Museums einen Schwächeanfall.

Man muss sich übrigens nicht die Mühe machen, das kleine gelbe Mauerstück auf dem Bild Vermeers zu suchen. Denn das, worüber sich die Literatur- und Kunstwelt so heftig stritten, so Dieter E. Zimmer[126], sei tatsächlich überhaupt nicht vorhanden; die einzige wirklich gelbe Stelle im Bild Vermeers stelle vielmehr ein von der Sonne beschienenes Dach dar. Schlüssig ordnet Zimmer Prousts Täuschung in das gesamtästhetische Konzept des Künstlers ein: Das nicht vorhandene kleine gelbe Mauerstück repräsentiere nichts anderes als die Vollkommenheit, die es in der Realität eben nicht gebe.

Wir alle scheitern immer wieder. Solange wir inmitten des Lebens steckten und uns der Überblick über das Ganze fehle, so Schopenhauer, könnten wir nicht anders, als „unsere Entschlüsse allezeit nach Maßgabe der gegenwärtigen Umstände zu fassen, in der Hoffnung, es so zu treffen, dass es uns dem Hauptziel näher-bringe."[127] Wir stochern herum, fischen im Trüben und hauen vielfach daneben. So entstehe am Ende, so Schopenhauer weiter, die „Diagonale [unseres] Lebens-lauf[es]", die sich daraus ergebe, dass „die Begebenheiten und unsere Grundabsichten zwei „nach verschiedenen Seiten ziehend[e] Kräft[e]"[128] seien.

Am Ende scheitern wir sowieso, denn wir kommen niemals an. Das Leben, ein „Maleratelier voll beiseitegelegter Skizzen"[129], bleibt letztendlich immer unfertiger Entwurf. Darin liegt jedoch die ganze Leichtigkeit des Seins. Denn wo es keinen Anspruch mehr auf Perfektion gibt, wo Geschlossenheit fehlt, wo alles Experiment und vorläufiger Versuch bleibt, da hat alles kein Gewicht: „Wir haben den guten Mut zum Irren, Versuchen, Vorläufig-nehmen wieder erobert – es ist alles nicht so wichtig! [...] Wir dürfen mit uns selber experimentieren!"[130]. Da bleibt Raum zur Entfaltung, zum Sich-Ausprobieren und zum Über-sich-Hinauswachsen. Da wird das Leben zu einem Spiel. Deshalb scheitern wir am Ende besser, wenn wir uns trotz allem nicht geschlagen geben und nicht aufhören, zu versuchen, uns auf spielerische Weise im wiederholten Prozess von Entwurf, Verwurf und Korrektur, also im Prozess des *Übermalens*, schrittweise unseren vorgestellten Zielen anzunähern.

Die spielerische, absichtsvoll absichtslose Suche nach einer Problemlösung, die zwar in uns liegt (wie Platons *Menon* zeigt), zu der uns jedoch der Zugang irgendwie verstellt ist, das ist Kreativität. Und es ist gerade der Zufall (sei es eine zufällig anders ausgeführte Handbewegung, eine zufällig aufgeschnappte Bemerkung), der unsere gewohnten Gedankenmuster durchbricht und uns die Dinge plötzlich in einem ganz neuen Licht erscheinen lässt, zur Lösung eines Problems führt und etwas Neues entstehen lässt. Eine offene Haltung dem Zufall gegenüber ist deshalb Voraussetzung für Kreativität. Nebenbei bemerkt ist es deshalb auch *kein Zufall*, dass der Erzähler *rein zufällig* eines Tages jene folgenreiche Tasse Tee samt dazugehörigem Gebäck von seiner Mutter angeboten bekommt.

Den Zufall zur Notwendigkeit machen. Nietzsches Maxime gilt nicht nur für die Retrospektive, sondern auch für den Blick nach vorn. Ja sagen zum Augenblick und dann das Gegebene weiterführen, das ist die ganze Kunst der Improvisation. Improvisation, das ist das „*yes – and* …"[131]. Ich lasse mich auf die Situation ein, spiele mit ihren Möglichkeiten und gehe ganz neue, unerwartete Wege. Wer improvisiert, der ist offen für das Unerwartete; wer improvisiert, der lebt im Augenblick.

Wozu es führt, wenn man jeglicher Improvisation abgeneigt ist und partout nicht von seinem Masterplan ablassen will, zeigt eine bekannte Anekdote aus Wittgensteins Leben. Der österreichische Philosoph, der auch Schiffbau und Ingenieurwesen studiert hatte, beschäftigte sich in den Jahren 1927 bis 1929 mit dem Bau des Hauses seiner Schwester in der Wiener Kundmanngasse. Er strebte ein Haus von idealer Vollkommenheit an und überließ nichts dem Zufall. In seinem Perfektionismus ließ er sogar die Zimmerdecke eines Raumes um drei Zentimeter anheben, als das Haus schon so gut wie fertig war. Als der Bau schließlich abgeschlossen war, zeigte er sich enttäuscht: Dem zu perfekten Haus mangelte es an Lebendigkeit. [132]

Es kommt darauf an, die Unwägbarkeiten des Zufalls sinnvoll in den Masterplan unseres Lebens zu integrieren, statt an ihm festzuhalten. Das Resultat ist dann nicht unbedingt schlechter. Im Gegenteil – das vermeintliche Übel stößt uns an, Dinge neu zu denken, Dinge anders zu machen, und so entdecken wir ganz neue Möglichkeiten.

Prousts Werk selbst ist ein Beispiel für das immer offene, nie fertige *work in progress*. Im Gespräch mit seiner Haushälterin Céleste beschreibt er das Nicht-zu-Vollendende mit dem Bild einer stets unfertigen Kathedrale. Selbst wenn der Bau beendet sei, so werde man niemals müde, immer noch dieses oder jenes kleine Schmuckstück zu ergänzen. [133] Es war Céleste, die ihm (ganz ähnlich wie Françoise im Falle des Erzählers) bei seiner Arbeit zur Seite stand. Sie ließ sich nicht nur geduldig auf Prousts Eigenheiten und ungewöhnlichen Lebensrhythmus ein (etwa wenn er die Nacht zum Tag machte, um ungestört arbeiten können), sie war ihm auch eine ergebene Zuhörerin und schrieb gelegentlich auf, was er ihr diktierte. Außerdem war sie es, die jene „Paperassen" [134] erfand, die zusammengeklebten und bis zu einem Meter breiten Papierbögen, auf denen Proust den nötigen Platz für seine Textergänzungen und Randbemerkungen, eben seine *Übermalungen*, fand. „Wissen Sie, Céleste, diese Nacht ist etwas Großes geschehen. […] Es ist eine große Neuigkeit. In dieser Nacht habe ich das Wort Ende gesetzt. […] Jetzt kann ich sterben" [135], so wandte sich Proust eines Morgens an seine

Dienerin. Als diese ihn darauf aufmerksam machte, dass noch Manuskripte zu korrigieren seien, antwortete er ihr: „Das, Céleste, ist etwas anderes. Das Wichtige ist, dass ich jetzt nicht mehr unruhig bin. Mein Werk kann erscheinen. Ich habe mein Leben nicht umsonst hingegeben.“[136] Proust, der es zu Lebzeiten nur bis Seite 136 des fünften Bandes (*Die Gefangene*) schaffte, welcher 1923 posthum erschien, wusste, dass der Entwurf zu seinem Roman stand, auch wenn er im Einzelnen nicht ganz beendet war. Er vertraute ganz auf die sorgfältige Arbeit der Herausgeber seines posthumen Werkes, die darin bestand, die noch unveröffentlichten Schriften in seinem Sinne zusammenzusetzen. In den Ausführungen des Erzählers über Vinteuils Septett, das unbekannt geblieben wäre, hätte nicht seine Herausgeberin in akribischer Kleinstarbeit die Papiere entwirrt, „die noch schwerer zu entziffern waren als ein mit Keilschriftzeichen bedeckter Papyrus“[137], sieht Tadié denn auch einen versteckten Appell an Prousts eigene Herausgeber, die unveröffentlichten Manuskripte aufzudröseln und zu bereinigen.[138]

Swann schiebt die Arbeit an seiner Vermeer Studie ewig vor sich her; Bergottes Kunst geht nicht über den ersten Wurf hinaus. Während ersterer ewig im Coniunctivus Potentialis der Gegenwart („ich könnte“) verharrt, so erreicht letzterer das Stadium des Coniunctivus Irrealis der Vergangenheit („hätte ich doch“). Gescheitert sind sie beide. Was aus dem Werk des Erzählers wird, wissen wir nicht, fasst er doch erst am Ende der *Recherche* den Entschluss, dieses zu schreiben. Setzen wir den Erzähler einmal ausnahmsweise mit Proust gleich, dann geht er den Weg der Mitte, indem er das Material nimmt, das ihm das Leben bietet, um daraus im Prozess ständiger Korrektur und Ergänzung sein Werk zu formen und in die Realität der Gegenwart zu setzen.

Die Kunst anzufangen

„They do not move."[139] Vladimir und Estragon, die beiden Protagonisten in Becketts *Warten auf Godot*, die das Leben verpassen, während sie darauf warten, verharren am Ende in der völligen Bewegungslosigkeit. Zwischen Möglichkeit und Realität liegt oftmals nur ein einziger Schritt: das Treffen einer Entscheidung. Und dies ist bekanntlich gar nicht so einfach, denn eine Entscheidung gibt die Richtung vor; von ihr hängen alle folgenden Ereignisse ab. Hinter der Angst vor dem Anfang steckt also die Angst, eine falsche Entscheidung zu treffen. Aber auch die Befürchtung, den eigenen Ansprüchen nicht zu genügen, sprich: nicht perfekt zu sein, verbirgt sich hinter dem Problem des Anfangens. So ist es auch nicht nur der Mangel an Stoff, der Zweifel an der stilistischen Umsetzung oder die Einsicht, dass das Schreiben, das sich in der Vorstellung so leicht ausnimmt, in der Realität einen tatsächlichen Aufwand und Energie erfordert, die den Erzähler der *Recherche* zum ewigen Aufschub seiner Arbeit veranlassen. Hinter seiner Passivität verbirgt sich auch der Mangel an Selbstvertrauen, der einem stets das „Du kannst nichts"[140] eines Vincent Van Gogh, der vor seiner weißen, ihn feindlich anstarrenden Leinwand verzweifelt, oder das „*Wo-*

men can't paint, women can't write..." einer Lily Bris-coe[141] zuraunt. Als ihm sein Vater eines Tages endlich erlaubt, der Schriftstellerei, der er bisher immer sehr skeptisch gegenübergestanden hat, ernsthaft nachgehen zu können, da beginnt der junge Marcel plötzlich, seinen lang gehegten Wunsch zu hinterfragen. Denn er ist sich angesichts der realen Möglichkeit, seine Pläne zu verfolgen, nicht mehr sicher, ob das dem Reich der bloßen Imagination angehörige Werk in der Realität überhaupt Bestand hat:

> Wie ein Schriftsteller von einer Art Schrecken befallen wird, wenn er sieht, wie seine Träumereien, die ihm gar nicht besonders wertvoll erscheinen, da er sie von sich selbst nicht trennt, den Verleger zwingen, ein Papier zu wählen und einen Druck zu verwenden, der ihm fast zu schön dafür scheint, so fragte ich mich jetzt, ob mein Wunsch zu schreiben, auch hinreichend wichtig sei, damit mein Vater deswegen so viel Güte aufwendete.[142]

In der gottverlassenen Welt der Moderne ist der Mensch für sein eigenes Handeln verantwortlich. Das macht zwar frei, aber auch Angst und führt nicht selten zum Zaudern. Dem heranwachsenden Erzähler wird schon bald klar, dass auch die Macht seines gottgleichen Vaters, von dem er immer angenommen hat, er habe nicht nur zu der Regierung, sondern auch zu der Vorsehung einen sehr guten Draht und werde schon „alles in Ordnung bringen"[143], ihre Grenzen hat. Er weiß nun, dass er für sich allein verantwortlich ist, so wie wir alle als die

Autoren unseres eigenen Lebens für uns selbst verantwortlich sind.

Wenn in der Moderne nichts notwendig und deshalb alles möglich ist, so müssen wir uns selbst begrenzen, um handlungsfähig zu bleiben und uns nicht im Unendlichen zu verlieren. Für das Problem des Aufschiebens hat Niklas Luhmann deshalb eine ganz einfache Lösung: Das Setzen von Fristen. Eine Frist ist eine die Unendlichkeit beschränkende Grenze. Sie erzeugt die Bedingungen dafür, dass Dinge *überhaupt* realisiert werden: Die „Terminierung", so Niklas Luhmann, „stellt einem Thema gleichsam künstlich die Frage Sein oder Nichtsein."[144] Wenn wir einfach nicht anfangen, die Dinge zu tun, die wir eigentlich immer schon einmal tun wollten (wie z.B. das Schreiben eines Buches oder das Lesen der gesamten *Recherche*), dann vielleicht deshalb, weil wir ihnen letzten Endes nicht genug Wert beimessen. Andere Dinge (unser Beruf, unser Haushalt, unser Urlaub) sind uns eben doch immer wichtiger. Indem wir Fristsachen jedoch eine „wertmäßige Vorzugswürdigkeit"[145] geben, so fährt Luhmann fort, schaffen wir neue Wertehierarchien und erhöhen die Wahrscheinlichkeit, dass wir die Dinge, die sonst als „permanent unerledigte Aufgaben mit einem gewissen dekorativen Nutzen"[146] ihr Dasein fristen, schließlich doch noch erledigen.

Auch eine Entscheidung ist eine Begrenzung, ein Riss im Unendlichen. Wenn wir die Folgen unserer Entscheidungen nicht immer absehen können, so sind sie doch die Voraussetzung für die Realisierung unserer Pläne. Eine Entscheidung ist das Fundament, auf dem wir dann durch das Treffen weiterer Entscheidungen aufbauen können, um uns unserem Ziel Schritt für Schritt immer weiter anzunähern.

Mit dem Ja unserer Entscheidung haben wir die Möglichkeit, die Welt zu gestalten, Einfluss zu nehmen, der Welt eine Richtung zu geben. Leider lassen uns die *Mythen des Alltags* nur allzu oft vergessen, dass wir Dinge verändern können und dass nichts notwendigerweise so sein muss, wie es ist.

Nicht zuletzt ist die Begrenzung im Hinblick auf die Kreativität von Vorteil. So fällt es uns z.B. leichter, eine Geschichte zu schreiben, wenn durch die Vorgabe eines Anfangs oder einer Überschrift ein bestimmter Rahmen gesteckt wird. Die berühmte Angst vor dem weißen Blatt kann auf diese Weise genommen werden.

Schließlich ist die Begrenzung überhaupt *die* Voraussetzung für die Improvisation (bekanntlich macht die Not ja auch erfinderisch). Der aus einer reichen Industriellenfamilie stammende Architekt Wittgenstein unterlag bei der Durchführung seines Bauprojektes keinen finanziellen Beschränkungen, nur dadurch konnte er seinem Hang zum Perfektionismus, an dem er dann scheiterte, überhaupt nachgeben. Hätte er improvisieren müssen, wäre sein Haus wahrscheinlich lebendiger geworden.

Die Angst vor dem ersten Schritt ist vielleicht auch die Angst vor einem Ende; die Angst, sich des eigenen Traumes zu berauben. Denn solange man seine Träume in der Potentialität vor sich herschiebt, sind sie in Sicherheit geborgen, und man kann auf sie in der Vorstellung beliebig oft zurückgreifen. Das Umsetzen eines Traumes in die Realität macht ihn gleichermaßen zunichte, denn es stellt sich unweigerlich die Frage: Was nun?

Ein einmal geschaffenes Ende impliziert immer einen Neuanfang. Letztlich kommt es darauf an, dass wir nie aufhören, immer wieder anzufangen. Man muss immer etwas vorhaben. So ist das Leben am Ende auch nicht das monotone, einer Deadline gleich flach laufende Immer-so-weiter, sondern eine episodenhafte Abfolge von Anfängen und Enden, die ihm erst Rhythmus und Struktur verleihen. Es ist dieses Prinzip, das Proust in seinen langen Satzperioden nachahmt, die sich in langen Windungen und Abschweifungen ergehen, dann auf ein pointiertes Ende zulaufen, nur um augenblicklich erneut anzusetzen. Und es sind diese Satzperioden, die dem Werk die ihm eigentümliche Rhythmik und Musikalität verleihen.

Proust selbst hatte Schwierigkeiten mit dem Anfangen. Er zweifelte an der Form seines Werkes und hielt sich für fantasielos[147]. Nähert man sich einer Sache jedoch spielerisch, betrachtet man jeden Anfang als bloßen Versuch, bei dem man immer nur besser scheitern kann, sofern man ihn tatsächlich unternimmt, dann wird dem Anfang die Schwere genommen.

Am Ende der *Recherche* werden dem Erzähler die Zusammenhänge seines Lebens klar. Und erst dann erschließt sich auch dem Leser das Werk als Ganzes; dann entfaltet sich vor seinen Augen das Gesamtgemälde eines erinnerten Lebens in all seinen Zusammenhängen – ganz so wie jene japanischen Papierschnipsel, die sich, sobald man sie in eine Schale mit Wasser gibt, öffnen und die Formen von Blumen oder Figuren annehmen.[148] Am Ende wird dem Leser nicht nur klar, dass es sich bei der Dame in Rosa, jener Dame, die der junge Erzähler einst im Hause seines Onkels angetroffen hat, und der Dame in Weiß, der er ein wenig später auf dem Grundstück Swanns wiederbegegnet, um dieselbe Person handelt, sondern auch, dass in dieser Welt, in der es außerhalb des Wandels nichts gibt, in der Existenz Wandel *ist*, Schreiben und Geschriebenes, Suche und Gesuchtes[149], Weg und Ziel zusammenfallen, tatsächlich *eins* sind – und jeder Augenblick eine Ewigkeit.

Weitersuchen

So schreiten wir weiter, Generation für Generation. Und dennoch kreisen wir immerzu nur um diese eine große Frage des *Wozu*? Und dies vielleicht umso mehr, als sich das Gefühl der Entfremdung angesichts der enormen technologischen Entwicklungen der letzten rund hundert Jahre weiter zugenommen haben dürfte (so dass wir auch über die Schrecken, die ein bloßes Telefon hervorzurufen imstande ist, heute nur milde lächeln können[150]). Und noch immer warten wir auf das Happy End eines Lebens, von dem wir meinen, es habe noch gar nicht angefangen; noch immer glauben wir dank Film- und Werbeindustrie an die romantische Liebe; noch immer vertagen wir unsere Pläne auf das nächste Wochenende, den nächsten Urlaub, das Sabbatjahr … und hegen dann so große Erwartungen, die nicht anders als enttäuscht werden können. Und noch immer haben wir unsere Vorstellungen davon, wie die Dinge zu sein haben: Die Wohnung liegt im Altbau, im Urlaub fährt man weg, und sonntags gibt's ein Ei. Und wenn wir am Abend zu unserem Buch (das immer gut ist) ein Glas Wein (der immer rot ist) trinken, dann beschleicht uns das vage Gefühl, dass wir den Moment nicht so genießen können, wie wir eigentlich sollten. Und noch immer zwängen wir uns in Rollen (sind Familienvater oder

Karrierefrau), die immer irgendwie schlecht sitzen, weil sie nie richtig passen.

Und je schneller wir kreisen, je mehr wir uns infolge einer Quantified-Self-Bewegung in einzelne Datensätze und bloße Zahlen zerlegen, je mehr Möglichkeiten wir haben und alles sofort verfügbar ist, je plan- und beherrschbarer uns das Leben erscheint, weil es uns dank Technologie und Algorithmen gelingt, den Zufall immer weiter auszuschalten, je mehr wir uns nach dem Verlust eines möglichen Jenseits an die Diesseitigkeit unseres Lebens klammern (weshalb wir auch jeden Moment digital dokumentieren) und je weniger wir in Folge die Fähigkeit besitzen, uns in verschwenderischer Weise dem Augenblick hinzugeben, umso drängender wird die Frage nach dem Glück und nach dem Sinn.

Als mit dem Tod Gottes Tiefe und Verhaftung verloren gingen, da entstand eine Apple-Welt der glatten, aber auch sterilen und kalten Oberfläche.

In einer Passage der *Recherche* findet der Erzähler ein Buch wieder, das er einst an einem Wintertage gelesen hat. Zwar kann er die geliebten Sätze nicht mehr entdecken, weil sie ihm, der inzwischen ein anderer geworden ist, nichts mehr bedeuten; aber der Schnee, der an jenem Tage in den Champs-Élysées fiel, ist „nie von ihm geschwunden"[151]. Die abgegriffenen Seiten und die Art, wie der Einband beim Aufschlagen nachgibt, haben die Macht, die Vergangenheit erneut heraufzubeschwören. Besäße er eine Sammlung von Büchern, so reflektiert der Erzähler, bestünde diese nur aus „Erstausgaben", wobei er den Begriff in einem spezifischen Sinn verwendet:

[…] aber ich hätte unter „Erstausgabe" die verstanden, in der ich das Werk zum ersten Male las. Ich würde nach „Originalausgaben" suchen, das heißt, nach denjenigen, aus denen ich von diesem Buch einen originalen Eindruck erhalten hatte, denn die folgenden Eindrücke sind das ja nicht mehr. Romane würde ich in Einbänden von ehemals sammeln, denjenigen aus der Zeit, in der ich meine ersten Romane las, die damals oft mitangehört hatten, wie Papa zu mir sagte: „Halte dich gerade." Wie das Kleid, in dem wir eine Frau zum ersten Mal gesehen haben, würden sie mir dazu verhelfen, meine Liebe von damals wiederzufinden […].[152]

In der elektronischen Welt droht das haptische, sinnliche Erleben verlorenzugehen. Doch auch wenn E-Books das Buch in Papierform wohl niemals komplett ersetzen werden, so verringert doch allein die *Möglichkeit* der digitalen Variante die *Notwendigkeit* des traditionellen Buches, weshalb ihm ein leichter Hauch von Redundanz anhaftet, der die Freude am gedruckten Buch immer ein wenig nimmt.

Aber vielleicht ist das nur die Wehmut, von der man manchmal ergriffen wird, wenn man in der sich wandelnden Welt wenig von dem wiedererkennt, was einmal war. Am Ende des ersten Bandes erinnert sich der Erzähler daran, wie er eines Tages, während er den Bois de Boulogne entlangschlenderte, feststellte, dass all das, was er einst gekannt hatte, nicht mehr aufzufinden war. Statt der Kutschen gab es jetzt nur noch Autos, die

Frauen trugen anstelle der schönen Kleider tapetenartige Tuniken mit Blümchenmuster, während die Herren, die früher niemals ohne ihre Zylinder das Haus verlassen hatten, nun die Dreistigkeit besaßen, ohne Kopfbedeckung daherzukommen.

Wie gut, dass in solchen Momenten die Lektüre Prousts verdeutlicht, dass bisher noch jeder „Untergang der Götter"[153] auch immer wieder neue hervorgebracht hat.

Die Welt verändert sich. Prousts Botschaft jedoch, deren Vermittlung ihm vor seinem Tode ein so großes Anliegen war, ist zeitlos: Das Leben ist eine kontinuierliche Suche, bei der wir niemals ankommen und bei der es beständig gilt, zwischen Vergangenheit und Zukunft, Bewegung und Stillstand, Offenheit und Begrenzung, willentlichem Suchen und absichtslosem Geschehenlassen die eigene Mitte zu finden. Und wenn wir mal wieder (wie so oft) danebenhauen und die Dinge anders laufen als geplant, dann tun wir gut daran, einen Perspektivwechsel vorzunehmen und die Sache aus der distanzierenden Rückschau zu betrachten, denn dann ist alles nicht so wichtig, dann verliert alles an Gewicht.

Anmerkungen

[1] Dies bezieht sich auf die Ausgabe des Suhrkamp Verlages von 1979, die in zehn Bänden erschienen ist. Das französische Original ist in sieben Bänden erschienen.

[2] Zitiert nach Tadié, *Marcel Proust*, S. 628.

[3] Proust hat sich jedoch Zeit seines Lebens dagegen ausgesprochen, mit dem Erzähler der *Recherche* gleichgesetzt zu werden.

[4] Sowohl Combray als auch Balbec sind fiktive Orte, die auf realen Vorbildern beruhen. Während sich Combray an der nordfranzösischen Gemeinde Illiers (seit 1971 Illiers-Combray genannt) orientiert, diente das in der Normandie gelegene Seebad Cabourg als Vorlage für Balbec.

[5] Vgl. Soulez et Worms, *Bergson*, S. 147.

[6] Bergson, *Schöpferische Entwicklung*, S. 303.

[7] *Auf der Suche nach der verlorenen Zeit*, Band II, S. 878 (Im Folgenden werden alle Zitate aus der *Recherche* lediglich mit dem Hinweis auf Bandnummer und Seitenzahl gekennzeichnet).

[8] Vgl. III, S. 1034.

[9] III, S. 1215.

[10] IV, S. 1456.

[11] Schopenhauer, *Die Welt als Wille und Vorstellung*, S. 428.

[12] I, S. 310 (In ganz ähnlicher Weise, wenn auch auf eine weniger poetische Art und Weise, verspeist Marcel, bevor er Albertine das erste Mal vorgestellt wird, zunächst erst einmal genüsslich einen Moccaéclair).

[13] I, S. 295.

[14] Zum Motiv des Wartens in der *Recherche* vgl. auch Grimaldi, „L'amour" in: *Un été avec Proust*, S. 103ff.

[15] X, S. 3943.

[16] I, S. 63.

[17] Vgl. auch Köhler und Corbineau-Hoffmann, *Marcel Proust*, S. 44f sowie Hillebrand, *Ästhetik des Augenblicks*, S. 102ff.

[18] Vgl. Strässle, *Gelassenheit*, S. 35ff.

[19] X, S. 3934.

[20] III, S. 1072.

[21] Ebd.

[22] III, S. 968.

[23] Ebd.

[24] Pascal, *Pensées – Gedanken*, 177/136/139, S. 107.

[25] Ebd., 58/24/127, S. 74.

[26] So der Titel von Roland Barthes' essayistischen Gesellschaftsstudien (franz.: *Mythologies*, erschienen 1957), in denen er unsere Alltagskultur, die wir allgemein als unumstößlich gegeben voraussetzen, kritisch hinterfragt.

[27] Sartre, *Das Sein und das Nichts*, S. 139f.

[28] Ebd.

[29] Sartre, *Geschlossene Gesellschaft*, S. 59.

[30] III, S. 1098.

[31] Wittgenstein, *Logisch-philosophische Abhandlung*, Satz 5.6, S. 134.

[32] von Hofmannsthal, „Ein Brief", in: *Hugo von Hofmannsthal: Gesammelte Werke in zehn Einzelbänden*, S. 466.

[33] Schopenhauer, *Aphorismen zur Lebensweisheit*, S. 238f.

[34] Ebd., S. 239f.

[35] X, S. 4030.

[36] II, S. 636.

[37] X, S. 3934.

[38] I, S. 278f.

[39] Ebd.

[40] I, S. 283f.

[41] I, S. 284.

[42] Vgl. auch Sennett, *The Craftsman*, S. 172.

[43] III, S. 1193.

[44] X, S. 3990.

[45] X, S. 4039.

[46] Bergson, *Essai sur les données immédiates de la conscience*, S. 9.

[47] Übersetzung von J.S. Tomas.

[48] William Hogarth legte seine Gedanken im Jahre 1753 in seiner Ästhetik *Analysis on Beauty* dar.

[49] Vgl. Hofmann, *Die Schönheit ist eine Linie*, S. 9ff.

[50] Vgl. Bergson, *Essai sur les données immédiates de la conscience*, S. 9f.

[51] Murakami, *Wovon ich rede, wenn ich vom Laufen rede*, S. 108.

[52] I, S. 149.

[53] I, S. 114.

[54] I, S. 290.

[55] III, S. 1096.

[56] Baudelaire, *Der Maler des modernen Lebens*, S. 298.

[57] Ebd.

[58] Ebd., S. 300.

[59] Zitiert nach Krämer, „Monet und die Geburt des Impressionismus" in: *Monet und die Geburt des Impressionismus*, S. 12.

[60] Baudelaire, *Der Künstler und das moderne Leben*, S. 297.

[61] Ebd.

[62] Zitiert nach Tadié, *Marcel Proust*, S. 702.

[63] Benjamin, *Illuminationen*, S. 355.

[64] Diese im Schlafzimmer des jungen Erzählers aufgestellte Lampe soll ihm abends die Angst vor dem Alleinsein nehmen.

[65] III, S. 1242f.

[66] I, S. 84.

[67] Woolf, *Moments of Being*, S. 72.

[68] VIII, S. 3096.

[69] X, S. 3974.

[70] X, S. 3960f.

[71] X, S. 3961.

[72] Bergson, „Einführung in die Metaphysik" in: *Materie und Gedächtnis und andere Schriften*, S. 9.

[73] Vgl. ebd., S.8.

[74] Zitiert nach Vetter, *Grundriss Heidegger*, S. 259.

[75] II, S. 896.

[76] III, S. 1253.

[77] I, S. 90.

[78] VIII, S. 2859.

[79] Ebd.

[80] VIII, S. 2759.

[81] Ebd.

[82] X, S. 3960.

[83] I, S. 91.

[84] Vgl. Krusche (Hg.), *Haiku. Japanische Gedichte*, S. 134f.

[85] I, S. 184.

[86] Barthes, *Die helle Kammer*, S. 36.

[87] V, S. 1911.

[88] Vgl. de Waal, *The Hare with Amber Eyes*, S. 75 (Übersetzung von J.S. Tomas).

[89] I, S. 162.

[90] I, S. 318.

[91] X, S. 3996.

[92] Ebd.

[93] Wilde, „Der Verfall des Lügens – eine Feststellung" in: *Zwei Gespräche von der Kunst und vom Leben*, S. 36.

[94] III, S. 1057.

[95] Ebd.

[96] III, S. 1058.

[97] Vgl. Kierkegaard, *Die Tagebücher*, S. 203.

[98] X, S. 4080.

[99] X, S. 4079.

[100] Vgl. Luhmann, „Die Knappheit der Zeit und die Vordringlichkeit des Befristeten", in: *Niklas Luhmann: Politische Planung,* S. 149.

[101] Nietzsche, *Werke. Kritische Gesamtausgabe*, S. 315f.

[102] X, S. 3981.

[103] III, S. 1135.

[104] Barthes, *Die helle Kammer*, S. 35.

[105] Kierkegaard, „Die Wiederholung" in: *Gesammelte Werke*, S. 3.

[106] X, S. 4167.

[107] II, S. 604.

[108] Sartre, *Das Imaginäre*, S. 297.

[109] Ebd.

[110] I, S. 514 (Die Liste wird mit der Beschreibung sechs weiterer Orte fortgeführt. Es wurde hier darauf verzichtet, die gesamte Textpassage wiederzugeben, die mehr als doppelt so lang ist wie der oben zitierte Text. Auch Proust kann zuweilen etwas dick auftragen …).

[111] X, S. 3962.

[112] Sartre, *Das Imaginäre*, S. 303.

[113] Vgl. Keller, *Marcel Proust Enzyklopädie*, S. 256.

[114] I, S. 278.

[115] Vgl. Sartre, *Das Imaginäre*, S. 301.

[116] Vgl. Tadié, *Marcel Proust*, S. 253.

[117] Vgl. Keller, *Marcel Proust Enzyklopädie*, S. 592f.

[118] I, S. 107f.

[119] Ebd.

[120] I, S. 11.

[121] III, S. 1120.

[122] I, S. 280.

[123] I, S. 133.

[124] I, S. 503.

[125] VIII, S. 2998f.

[126] Dieter E. Zimmer: „Auf der Suche nach dem gelben Mauerstück. Wie Marcel Proust bei Vermeer etwas sah, das gar nicht da ist", www.d-e-zimmer.de/PDF/proust-vermeer1996.pdf, Zugriff am 21.05.2018.

[127] Schopenhauer, *Aphorismen zur Lebensweisheit*, S. 222f.

[128] Ebd., S. 223.

[129] V, S. 1766.

[130] Nietzsche, „Morgenröte. Gedanken über die moralischen Vorurteile", in: *Werke in drei Bänden*, S. 1248.

[131] Vgl. Jürgen Schaefer, „Improvisation: Wir können auch anders", in: Geo, 11 (2016).

[132] Vgl. Sennett, *The Craftsman*, S. 254ff.

[133] Vgl. Biermann, *Marcel Proust*, S. 103.

[134] X, S. 4165.

[135] Zitiert nach Biermann, *Marcel Proust*, S. 103.

[136] Ebd.

[137] VIII, S. 3102.

[138] Vgl. Tadié, *Marcel Proust*, S. 898f.

[139] Beckett, *Waiting for Godot*, S. 94.

[140] Zitiert nach Kuhl, *Vincent Van Gogh*, S. 91.

[141] Vgl. Woolf, *To the Lighthouse*, S. 57.

[142] II, S. 635f.

[143] I, S. 230.

[144] Luhmann, „Die Knappheit der Zeit und die Vordringlichkeit des Befristeten", a.a.O., S. 147.

[145] Ebd., S. 148.

[146] Ebd.

[147] Vgl. Tadié, *Marcel Proust*, S. 435.

[148] Vgl. I, S. 67.

[149] Vgl. Hillebrand, *Ästhetik des Augenblicks*, S. 103.

[150] Die Szene, in der die Stimme seiner Großmutter den Erzähler zutiefst bestürzt, weil sie durch das Telefon verfremdet klingt, geht wohl zurück auf ein tatsächliches Erlebnis Prousts, der 1896 von Fontainebleau aus mit seiner Mutter in Paris telefoniert und Ähnliches erlebt (vgl. Keller, S. 853).

[151] X, S. 3962.

[152] X, S. 3963.

[153] I, S. 561

Literaturverzeichnis

Sämtliche Zitate der *Recherche* sind folgender Ausgabe entnommen:

Marcel Proust, *Auf der Suche nach der verlorenen Zeit*, Deutsch von Eva Rechel-Mertens, 1. Aufl. der Ausgabe in zehn Bänden, Suhrkamp Verlag, Frankfurt am Main, 1979.

Wenn nicht anders angegeben, so sind Anmerkungen zu Prousts Biographie dem folgenden Werk entnommen:

Jean-Yves Tadié, *Marcel Proust. Biographie*, aus dem Französischen übersetzt von Max Looser, Suhrkamp Verlag, Frankfurt am Main, 2008.

Weitere zitierte Werke:

Barthes, Roland, *Die helle Kammer. Bemerkung zur Photographie*, übersetzt von Dietrich Leube, Suhrkamp Verlag, Frankfurt am Main, 1989.

Baudelaire, Charles, „Der Maler des modernen Lebens" in: *Der Künstler und das moderne Leben. Essays, „Salons", Intime Tagebücher*, 2. Aufl., hg. von Henry Schumann, Reclam Verlag, Leipzig, 1990.

Beckett, Samuel, *Waiting for Godot*, 2nd edition, Faber and Faber Limited, London, 1965.

Benjamin, Walter, *Illuminationen. Ausgewählte Schriften*, Suhrkamp Verlag, Frankfurt am Main, 1961.

Bergson, Henri, *Essai sur les données immédiates de la conscience*, Félix Alcan, Paris, 1889.

Bergson, Henri, „Einführung in die Metaphysik" in: *Materie und Gedächtnis und andere Schriften*, S. Fischer Verlag, Frankfurt am Main, 1964.

Bergson, Henri, *Schöpferische Entwicklung*, Coron-Verlag, Zürich, 1967.

Biermann, Karlheinrich, *Marcel Proust*, Rowohlt Taschenbuchverlag, Reinbek, 2005.

De Waal, Edmund, *The Hare with Amber Eyes. A Hidden Inheritance*, Vintage, London, 2011.

Grimaldi, Nicolas, „L'amour" in: *Un été avec Proust*, Éditions des Équateurs/France Inter, 2014.

Hillebrand, Bruno, *Ästhetik des Augenblicks. Der Dichter als Überwinder der Zeit – von Goethe bis heute*, Kleine Reihe V&R, Vandenhoeck & Ruprecht, Göttingen, 1999.

Hofmann, Werner, *Die Schönheit ist eine Linie. 13 Variationen über ein Thema*, Verlag C.H. Beck oHG, München, 2014.

Hofmannsthal, Hugo von: „Ein Brief", in: Hugo von Hofmannsthal, *Gesammelte Werke in zehn Einzelbänden*, Band 7: Erzählungen, erfundene Gespräche und Briefe, Reisen, Fischer, Frankfurt am Main,

1979.

Keller, Luzius (Hg.), *Marcel Proust Enzyklopädie, Handbuch zu Leben, Werk, Wirkung und Deutung*, Hoffmann und Campe, Hamburg, 2009.

Kierkegaard, Sören, „Die Wiederholung" in: *Gesammelte Werke*, hg. von Emanuel Hirsch und Hayo Gerdes, 5. Und 6. Abteilung, Gütersloher Verlagshaus Mohn, Gütersloh, 1980.

Kierkegaard, Sören, *Die Tagebücher*. Deutsch von Theodor Haecker, Brenner-Verlag, 1923.

Köhler, Erich und Corbineau-Hoffmann, Angelika, *Marcel Proust*, 3. Aufl., Erich Schmidt Verlag, Berlin, 1994.

Krämer, Felix, „Monet und die Geburt des Impressionismus" in: *Monet und die Geburt des Impressionismus*, Prestel Verlag, München, 2015.

Krusche, Dietrich (Hg. und Übersetzer), *Haiku. Japanische Gedichte*, 12. Aufl., Deutscher Taschenbuch Verlag, München, 1994.

Kuhl, Elisabeth, *Vincent Van Gogh*, Prestel Verlag, München, 2009.

Luhmann, Niklas, „Die Knappheit der Zeit und die Vordringlichkeit des Befristeten" in: Niklas Luhmann, *Politische Planung. Aufsätze zur Soziologie von Politik und Verwaltung*, Westdeutscher Verlag, Opladen, 1971.

Murakami, Haruki, *Wovon ich rede, wenn ich vom Laufen rede*, 4. Aufl., btb Verlag, München, 2010.

Nietzsche, Friedrich, *Werke. Kritische Gesamtausgabe*, VIII,1 (Nachgelassene Fragmente 18851887), hg. v. Giorgio Colli und Mazzino Montinari, de Gruyter, Berlin, 1974.

Nietzsche, Friedrich, *Werke in drei Bänden*, hg. v. Karl Schlechta, Büchergilde Gutenberg, 1994.

Pascal, Blaise, *Pensées Gedanken*, editiert und kommentiert von Philippe Sellier, aus dem Französischen übersetzt und mit einer Konkordanz von Sylvia Schiewe, Wissenschaftliche Buchgesellschaft, Darmstadt, 2016.

Sartre, Jean-Paul, *Das Sein und das Nichts. Versuch einer phänomenologischen Ontologie*, 8. Aufl., Rowohlt Taschenbuch Verlag, Reinbek, 2002.

Sartre, Jean-Paul, *Das Imaginäre. Phänomenologische Psychologie der Einbildungskraft*, Deutsch von Hans Schöneberg, überarbeitet von Vincent von Wroblewsky, Rowohlt Taschenbuch Verlag, Reinbek, 1994.

Sartre, Jean-Paul, *Geschlossene Gesellschaft. Stück in einem Akt*, 50. Aufl., Neuübersetzung von Traugott König, Rowohlt Taschenbuch Verlag, Reinbek, 2012.

Schopenhauer, Arthur, *Aphorismen zur Lebensweisheit*, herausgegeben von Rudolf Marx, Alfred Kröner Verlag, Stuttgart, 1950.

Schopenhauer, Arthur, *Die Welt als Wille und Vorstellung*, Bd.1, Wissenschaftliche Buchgesellschaft Darmstadt, Stuttgart und Frankfurt am Main, 1989.

Sennett, Richard, *The Craftsman*, Penguin Books, London, 2009.

Soulez, Philippe et Worms, Frédéric, *Bergson. Biographie*, Flammarion, 1997.

Strässle, Thomas, *Gelassenheit. Über eine andere Haltung zur Welt*, Carl Hanser Verlag, München, 2013.

Vetter, Helmuth, *Grundriss Heidegger. Ein Handbuch zu Leben und Werk*, Felix Meiner Verlag, Hamburg, 2014.

Wilde, Oscar, „Der Verfall des Lügens – eine Feststellung" in: *Zwei Gespräche von der Kunst und vom Leben*, übers. von Hedwig Lachmann und Gustav Landauer, Insel Verlag, Leipzig, 1907.

Wittgenstein, Ludwig, *Logisch-philosophische Abhandlung. Tractatus logico-philosophicus,* 2. Aufl., Kritische Edition, herausgegeben von Brian McGuinness und Joachim Schulte, Suhrkamp Verlag, Frankfurt am Main, 1989.

Woolf, Virginia, *To the Lighthouse*, Penguin Books, London, 1964.

Woolf, Virginia, *Moments of Being*, 2nd edition, edited with an introduction and notes by Jeanne Schulkind, The Hogarth Press, London, 1985.